名家散文经典译丛

流动的
盛宴

〔美〕欧内斯特·海明威 著
李文俊 译

人民文学出版社
PEOPLE'S LITERATURE PUBLISHING HOUSE

Ernest Hemingway
A MOVEABLE FEAST

图书在版编目(CIP)数据

流动的盛宴/(美)欧内斯特·海明威著;李文俊译.
—北京:人民文学出版社,2018
(名家散文经典译丛)
ISBN 978-7-02-014176-0

Ⅰ.①流… Ⅱ.①欧… ②李… Ⅲ.①散文集-美国
-现代 Ⅳ.①I712.65

中国版本图书馆CIP数据核字(2018)第086556号

责任编辑 **卜艳冰　邱小群　骆玉龙**
装帧设计 **钱　珺**

出版发行 **人民文学出版社**
社　　址 **北京市朝内大街166号**
邮政编码 **100705**
网　　址 **http://www.rw-cn.com**

印　　刷 **上海盛通时代印刷有限公司**
经　　销 **全国新华书店等**

开　　本 **890毫米×1240毫米　1/32**
印　　张 **6.125**
字　　数 **118千字**
版　　次 **2019年7月北京第1版**
印　　次 **2019年7月第1次印刷**

书　　号 **978-7-02-014176-0**
定　　价 **35.00元**

如有印装质量问题,请与本社图书销售中心调换。电话:010-65233595

假如你有幸能年轻时在巴黎生活过，那么此后一生中不论去到哪里，巴黎都会与你同在，因为巴黎是一场流动的盛宴。

欧内斯特·海明威致友人，1950 年

欧内斯特1958年夏季在古巴开始撰写本书，1958年至1959年冬季在爱达荷州凯彻姆继续撰写，1959年4月我们去西班牙时他携稿前往，那年深秋我们去古巴后来又去凯彻姆，他将稿携回。1960年春季他在古巴全部竣稿，之前曾一度搁下去写另一本书，即《危险的夏天》，是关于安东尼奥·奥多涅斯与路易斯·米盖尔·多明吉1959年在西班牙斗牛场上的激烈竞争的。1960年秋他在凯彻姆对全书作了一些修改。本书所涉及的是1921年至1926年在巴黎的岁月。

玛丽·海明威

目录

序

出于本书作者认为是足够充分的理由，书中并未写到一些地点、人物、看法以及印象。其中有些不便公开，有些则已是广为人知的事实，许多人都写过它们，而且无疑还会更多地去写。

书中并未提到安纳斯塔西体育场，在那里一些拳击手充任侍者，往树荫下的餐桌端盘子，拳击台就设在花园里。也未提到与拉里·盖恩斯的练拳，未提到冬季马戏场那场打了二十个回合的激烈比赛。未提到像查利·斯威尼、比尔·伯德和迈克·斯特拉特这样的知心朋友，也不曾提到安德烈·马松以及米罗[①]。未能提到我们的黑森林之旅或是我们多次赴巴黎近郊森林的一日游，对那些森林我们极其喜爱。倘能把这一切都写入书中自然很好，不过暂时只能付之阙如了。

如果读者愿把此书视为一本小说，未尝不可。但是即使作

---

① 马松与米罗都是当时生活在巴黎的现代派著名艺术家。

为一部虚构作品，它也总有可能使作为实事来写的事情显得稍稍清晰亮丽一些。

欧内斯特·海明威

古巴，圣弗朗西斯科·德·保拉，1960年

圣米歇尔广场上的一家好咖啡馆

再往下，天气就变得不那么好了。秋天过去，这样的天气迟早会来临。我们在晚上只得把窗子关上，以防雨水劈进来，冷风会把护墙广场树上的叶子全都刮干净。落叶便浸泡在雨水里，风急时，会把雨点扫在终点站绿色大公共汽车的车身上，“票友咖啡馆”里人满为患，室内的热气与烟雾使橱窗玻璃变得模糊不清。这家一副倒霉相、经营不善的咖啡馆是附近一帮酒鬼拥集之处，我是不去的，因为不洗澡的人身上气味难闻，酒喝多了还会有股酸臭味儿。这家咖啡馆的男女常客什么时候都是醉醺醺的，或者说在他们付得出酒资的时候。一般他们都会半升整升地买。广告水牌上开列有多种怪异地称为“开胃酒”的品种，买得起的人不多，他们有时会要上一小杯垫垫底，然后再用劣质酒将自己灌醉。大伙儿把喝醉的女客称为 poivrottes，那就是“醉女”的意思。

“票友咖啡馆”其实就是穆费塔街上的一个污水坑，这条窄得惊人的街巷通向护墙广场。街边老公寓房子每一层楼梯旁都有个蹲坑式厕所，还特地用水泥在坑边砌上两只带刻纹的鞋形踏脚，以防房客滑倒。排泄物被冲入污水池，入夜后会有马拉粪罐车来把污物抽走。夏天，所有的窗户都开启着，于是我们便会听到抽粪声，那股子臭气浓得化不开。粪罐车上漆的是褐色与金黄色，月光下，在拉摩瓦纳红衣主教街上工作时，它们那车轱辘、马拉筒罐什么的简直就像是出自布拉克[1]笔底的一幅油画。可没有谁来为“票友咖啡馆”清污，那里张贴的禁止当众酗酒与罚款条例的公告已经发黄，蝇污斑斑，无人理会，就跟那些顾客一样，永远不变、气味难闻。

这个城市的所有哀愁都随着冬季最初的几场冷雨骤然而至，你走在街上，再也望不见那些白色高楼的顶端，映入眼帘的仅仅是湿漉漉的街面、小铺紧闭的店门、草药摊子、小文具店与报刊亭，还有二流助产士的招牌以及一家旅馆，魏尔伦[2]就在此处去世，我也曾在这儿的顶层租了个房间写东西。

上到顶层像是得爬六或八段楼梯，楼内很冷，我知道得花多少钱，才能买来一小捆木柴、三小包用铁丝扎起的引火细条松枝，就半支铅笔那么长，还得买一捆没太晾干的硬木树枝，才能生上火，让房间变得暖和些。因此我退到街对面稍远处，仰视雨中的屋顶，看看可有哪只烟囱在冒烟，烟冒得怎么样。连一缕烟都没有，于是我想，连烟囱都是冰冷的，没准儿还是堵住的，会弄得一屋子都烟雾腾腾，这岂不是糟蹋了柴禾白白费钱吗，于是我继续冒雨往前走。我一直走过亨利四世中学、

---

① 乔治·布拉克（1882—1963），法国立体主义画家。
② 保尔·魏尔伦（1844—1896），法国抒情诗人。

古老的圣·艾蒂安山教堂、四面透风的先贤祠广场，为了避雨我紧挨右边走，最后沿圣米歇尔大道背风的一面走出广场，又经过克吕尼老教堂和圣日耳曼林荫大道，最后才抵达圣米歇尔广场上我常去的一家好咖啡馆。

这是家让人惬意的咖啡馆，温暖、洁净而且气氛友好。我把我那件旧雨衣挂在衣架上让水滴净，将我那顶旧毡帽往长板凳上方的木架上一搁，然后要了一杯牛奶咖啡。侍者送上咖啡，我从上衣口袋取出一个本子、一支铅笔，开始写起来。我写的是关于密歇根那边的故事，外面风雨交加，寒气逼人，故事里的天气也正好如此。我历经童年、少年和青年时期，对秋天将尽的景况很有体会，来到别处倒比在原来的地方能写得更好。这就是所谓移景生情吧，我寻思对于人也好，对于别的不断生长的东西也好，这道理都是共同适用的吧。可是在我的故事里几个小伙子在一块儿喝酒，这倒让我馋起来了，于是便要了一杯圣詹姆斯朗姆酒。这种酒天冷时喝最爽口了，于是我不断地往下写，感觉好极了，只觉得这优质的马提尼克朗姆酒温暖了我整个身心。

一位姑娘走进咖啡馆，独自在一张靠窗的桌子边上坐下。她非常俏丽，那张脸清新得像一枚新铸的钱币，若是真能用柔滑、雨水洗过的肌肤来铸币的话。她的头发黑得像乌鸦的翅膀，修剪得很整齐，遮住了她半张脸。

我盯着她看，她扰乱了我的思路，使我心神不定。我真想把她写进手头的这篇小说或是旁的什么作品，可是她选定了坐的地方，以便能察看街道与门口，我明白她是在等人。于是我就继续写作。

这个故事自己在往下发展，我得费点劲儿才能跟上。我又要了一杯圣詹姆斯朗姆酒，每当我抬头观望或是转卷笔刀削铅笔时，我总要看看她，我让卷下的碎片、碎屑落入酒杯底下的小碟子里。

我见到你了，美丽的姑娘，你现在属于我，不管你在等谁也不管我今后再也不会见到你，我想。你属于我，整个巴黎都属于我，而我则属于这个笔记本和这支铅笔。

接着我又继续写起来，我深深地进入故事，迷失在其中。现在是我在写并非它自己在往下发展了，我连头都不抬，忘记了时间与身在何方也没有再要圣詹姆斯酒。我已经喝腻了圣詹姆斯酒连想都想不起它了。接下去这个短篇完成了，我感到非常疲倦。我把最后一段念了一遍，这才抬起头来寻找那位姑娘，可她已经走了。但愿她是跟一个好男人一起走的。可是我还是觉得悲哀。

我将故事合进笔记本，把本子放入上衣内兜，我向侍者要了他们店里有的一打葡萄牙牡蛎和半瓶干白葡萄酒。我写完一篇小说总像是给掏空似的，既悲哀又喜欢，就跟做过爱一样，我敢肯定这是篇非常好的故事，虽然得等到第二天重新读一遍后，我才能确定它到底有多好。

我吃着带浓烈海腥味以及微带金属味的牡蛎，冷冷的白葡萄酒冲淡了金属味，只留下了海腥味和美味多汁的口感，我把每只贝壳里的凉凉的液汁都嘬净，用爽口的酒将它们送入腹中，这时我不再有空落落的感觉，情绪好多了，于是便盘算下一步该干什么。

既然坏天气已经来临，我们不如离开巴黎一阵，去一个不下这种雨而是下雪的地方，雪从松枝间落下，覆盖住路面和高高的山坡，在那样的高度上，我们晚上走回家时能听到踩裂积雪的声音。莱扎旺山脚下有一处木屋别墅，膳宿价廉物美，我们在那儿光就两个人共处，带上想看的书，夜晚挤在床上很暖和，可以开着窗看明亮的星星。那正是我们该去的地方。火车三等车厢票价不贵。膳宿费用绝不会比在巴黎的花销高出多少。

我可以退掉专为写作而在旅馆租的房间，那就只需付拉摩瓦纳红衣主教街 74 号微不足道的那点租金了。我给多伦多[1]写过些报道，稿费的支票也该汇到了。这种东西我在任何地方任何环境下都写得出来，去这一趟的钱还是有的。

没准离开巴黎我就能写巴黎，正如在巴黎我能写密歇根。我当时不知道要这样做还为时尚早，因为对巴黎我了解得还很不够。但是最终还就是这样写出来的。不管怎么说，只要我妻子愿意去，我们就去，于是我把牡蛎吃完，喝干净酒，付清咖啡馆的账，抄近道冒雨赶回圣热内维弗高地上的那间公寓，此刻我觉得这样的坏天气不过是本地的一件寻常事，不足以影响一个人的生活。

---

① 应指《多伦多星报》。海明威曾任该报驻欧记者。

"我觉得这个主意真是太棒了，塔迪[①]。"我妻子说。她本来就有一张温婉优雅的脸，每逢作出一个决定时，眼睛和笑靥更会亮丽动人，像是刚收到一件贵重的礼物似的。"咱们什么时候走呢？"

"你想什么时候都行。"

"哦，我想此刻就走。你不是早就知道了吗？"

"没准儿等我们回来，这儿的天气就会放晴变好了。天气晴朗而寒冷最让人惬意了。"

"我敢肯定天气一定会变好的，"她说，"你能想到出去走一走，真是太好了。"

---

① 海明威给自己取的昵称。他很不喜欢"欧内斯特"（Ernest）这名字，觉得易令人想起王尔德剧本《认真的重要性》中那个天真得愚蠢的叫"欧内斯特"（本意即是"认真"）的主人公。

斯泰因小姐诲人不倦

等我们回到巴黎，天气变得晴朗、寒冷，可爱宜人。这城市已适应了冬季，街对面卖柴炭的铺子里能买到合用的木柴，不少高等咖啡馆在门外生有火盆，好让顾客坐在平台上也不至于挨冻。我们自己的套间也温暖舒适。我们用劈柴点燃用煤屑压成的蛋形煤球，街道上，冬日的光线美丽动人。此时你已熟稔了映衬在蓝天前的光秃枝木，你在空气新鲜的料峭寒风中走在冲刷一新的砾石小径上穿过卢森堡公园。等你看惯了没有叶子的树木，它们就仿佛是雕塑了，朔风刮过池塘的水面，喷泉在明媚的阳光下飞溅。在山间小住之后，再远的路都觉得近了。

由于海拔的改变，我对小高地的坡度已全然不在意，只觉得活动活动挺好，至于爬上我写作间旅馆的顶层，能俯瞰周围高坡上所有的房顶与烟囱，也都成了一件乐事。室内壁炉通风良好，炉火很旺，工作时感到暖和，心情便很好。我带来纸口袋盛着的橘子和烤栗子，吃小红橘时我剥下皮，把皮扔进火里，把籽儿也吐进火里，肚子饿了便吃烤栗子。我老是感到饿，因为路走得多，天冷，再加上用心写作。我在房间里存有一瓶从山区带回来的樱桃酒，每当快写完一篇小说或是天快黑时，我便会喝上一杯。做完一天的工作时，我会把笔记本或是稿纸放进抽屉，将吃剩的橘子放进衣兜。若是夜晚留在房间里它们会冻坏的。

走下一段段长长的楼梯时，知道自己写得很顺利，心里不由得美滋滋的。我总是写到能告一段落时便打住，写到知道往下该发生什么事了就停笔。这样做的好处是能确知第二天该怎么写。不过有时我开始一个新的短篇却不知从何写起，我便往火焰边缘挤捏橘子皮，观察汁水怎样使火焰毕剥作响，蹿出蓝幽幽的焰花。我会站起来越过巴黎的屋顶往远处眺望，并且想道："不用发愁。你以前一直都在写，你现在也是写得出的。你需要做的仅仅是写出一个真正的句子。就把你所知道的纯然真正的句子写下来好了。"于是，我终于会写下一个真正的句子，由此开始，接着往下写。到此时，事情就好办了，因为我总是心里存有一个真正的句子的，读到过的或是听什么人说过的。要是我开始写得过于雕琢，像有人在做广告推销什么东西，我觉察到了，便会把这些华而不实和装饰性的部分删去，扔得远远的，再接上那第一个真正简单的陈述句继续往下写。就在高踞顶层的那个房间里，我决定要把我所知道的每一件事都写成一篇小说。但凡我是在写作，任何时候我都要这么做，而且这也是良好、严格的训练。

也就是在那个房间里，我学会了从我放下笔到第二天重新开始写的这段时间里，绝对不去想我正在写的东西。这样做，我的潜意识就会在这篇作品上活动，同时我还能听别人说话，注意各种各样的事物，我希望能够这样；学习，也是我所希望的；而且我还可以阅读，免得去想自己的工作，使自己丧失继续工作的能力。我顺利工作了一天，能够这样，除了自我约束也得依靠好运，我步下楼梯，感觉好极了，我现在想去巴黎任何地方，迈开步子只管往前走便是了。

如果是在下午穿过这几条或是那几条街，来到卢森堡公园，我便可以穿过公园去卢森堡博物馆，这里的不少名作都已给转移去卢浮宫和网球场陈列馆了。我几乎每天都上那儿去，为了塞尚的以及马奈、莫奈以及其他印象派画家的作品，我最初还是在芝加哥美术学院知道这些作品的。我正从塞尚的画中受到一些启发，使我知道，光能写出简单、真正的句子还远远不足以使故事具有我所想达到的广度与深度，我正从塞尚那里学到不少东西，但因不善表达，无法向别人解释清楚。再说，这还是个秘密。但是，如果卢森堡博物馆已经熄了灯，我便会直穿公园去花园路 27 号葛特鲁德·斯泰因所住的带工作室的套间。

我妻子和我曾拜访过斯泰因小姐，她跟与她同住的朋友对我们非常亲切友好，我们很喜欢那个挂有多幅名画的大工作室。这儿就像是最精美博物馆里的一间最佳展厅，除了多出一个暖和、舒适的大壁炉。主人会给你端上好吃的点心、热茶以及用紫李、黄梅和野蓝莓天然蒸馏成的利口酒。这种无色透明、香气扑鼻的酒从刻花玻璃瓶注入小玻璃杯再递给你喝，不管是用

quetsche，mirabelle 还是 framboise[①] 酿制的，都仍有原来水果的味道，但已在你舌头上转变成了一簇小小的火焰，让你觉得温暖，舌头也便放松了。

斯泰因小姐身躯硕壮，个子却不算高，结实得像个农村妇女。她那双眼睛很美，却长着一张坚毅的德籍犹太人的脸，也可以说是弗留利[②]人的脸，她的穿着、那张表情丰富的脸以及那头可爱、浓密、富于生气的移民般的发式，没准她念大学时梳的就是这种发型，都让我想到意大利北部农村的大嫂。她一开口便滔滔不绝，总是从某某人和什么地方说起。

她的同伴声音非常悦耳，身躯娇小，皮肤黧黑，头发剪得跟布台·特·蒙维尔[③]插图里圣女贞德的一样，鼻子鹰钩得厉害。我们头一次拜访时她正在做件针线活儿，她一边继续干手里的活计一边照料食品和饮料，还能顾上跟我的妻子说话。她跟一位客人聊天，还能注意听其他两人的谈话，时不时还会打断没在跟她对话的另一位客人的话头。后来她向我解释，她一般都是跟女客交谈的。我的妻子跟我都觉得，她对太太们不过是应付。不过我们还是很喜欢斯泰因小姐和她的朋友，虽然那位朋友实在令人不敢恭维。那些绘画、糕点和白兰地倒确实能算是极品。她们似乎也喜欢我们，待我们就像是乖巧听话、彬

① 法语，即前面所提到的三种水果。
② 原属意大利的一个地区。后划归南斯拉夫。
③ 布台·特·蒙维尔（Boutet de Monvel，1850—1913），法国插图画家，其插画的《圣女贞德》出版于 1896 年。

彬有礼、会有出息的孩子，我还觉得她们对我们彼此相爱而且还结了婚——反正时光会解决这个问题的——也原谅了，因为当我妻子邀请她们来我们家喝茶时，她们接受了。

她们来到我们套间的时候，倒似乎更加喜欢我们了；不过那也许是因为地方太狭窄，大家都挨得更近了。斯泰因小姐坐在直接放在地板上的床垫上，提出想看看我过去所写的短篇小说，她说，她挺喜欢，除了一篇叫《在密歇根北部》的。

“这篇作品不错，”她说，“问题不在这里。可是它 inaccrochable[①] 呀。这就像一个画家作了一幅画，可是举办画展时却不能把它挂出来，也没有人会买，因为他们也不能把它挂出来。”

“不过倘使它并非淫秽，而仅仅是你想用现实生活中人们确实在用的语言呢？倘若只有用这样的语言才能使作品显得真实，而非用不可呢？你是没法不用呀。”

“你根本没有理解我的意思，”她说，“你绝对不要去写任何 inaccrochable 的东西。这样做是毫无意义的。既错误而且又愚蠢。”

她告诉我，她希望能在《大西洋月刊》上发表她自己的作品，也一定能做到的。她告诉我，我还不是个足够优秀的作家，不能指望能在这份刊物或是在《星期六晚邮报》上发表作品，但我没准能成为独具某种新风格的作家，不过得记住千万别写

① 法语，意为“挂不出去”。海明威在这个短篇里写到性交行为。

那种 inaccrochable 的短篇小说。我没有在这一点上再跟她争论，没想再解释我在对话中这样写是为了达到什么目的。那是我自己的事，还是听她讲更有点意思。那天下午，她还告诉我们该怎样买画。

“你要么就是买衣服，要么就是买画，”她说，“事情就这么简单。倘若不是非常有钱的人，谁也不能两头兼顾。别在乎你穿什么衣服，更别管时尚不时尚，买衣服只需看是不是舒服经穿，这样你就可以省出钱来买画了。”

“可是即使从今天起我连一件衣服都不买了，”我说，“我也还是攒不够钱买我所想要的毕加索呀。”

“当然不行。他超出了你的范围。你只能买你同龄人……跟你一拨儿参军的哥们的东西。你会跟他们混熟的。这儿附近一带你就能遇到他们。总是会出现认真工作的后起之秀的。不过你是不会买多少衣服的。买衣服有瘾的该是你太太。而女士服饰是最贵不过的了。”

我看出我的妻子在作出努力，尽量不去看斯泰因小姐那身古里古怪、三等统舱乘客所穿的衣服，她也确实做到了。她们告别时仍然对我们抱有好感，邀请我们再去花园路 27 号做客。

至于受邀冬季下午五时以后任何时间都可以去她的工作室，那是以后的事了。我曾在卢森堡公园里遇到过她。我不记得她是不是去遛狗了，也不记得她当时是不是养狗了。我很清楚我是独自一人在散步，因为我们当时养不起狗，连一只猫都养不起，我所认得的少数几只猫就是咖啡馆、小餐馆里的猫以及公寓看门人窗口上趴着的那些令我羡慕不已的大肥猫。后来我便经常在卢森堡公园里遇到带着狗的斯泰因小姐了；不过最初遇到她时她还没有养狗。

有狗也罢，没狗也罢，我都接受了她的邀请，顺路时不免会上她的工作室去待上一阵，她总会给我倒上天然蒸馏的白兰地，而且坚持要给我续杯，我呢，则观赏那些画，跟她交谈。那些画都很激动人心，谈话也很能启发人。主要是她谈，她向我介绍现代绘画和画家——主要是他们的为人而不是他们的艺术，她还谈到她的作品。她拿给我看她的一个个稿本，那是她写的，由她的同伴每天帮她打成打字稿。每天都写作使她感到快乐，不过在我对她更为了解之后我发现，对她来说，这些由投入精力之多少而决定的每天稳定生产的作品能够出版并且得到承认，这才是使她能保持好心情的必要条件。

我最初认识她时，这个问题还没有变得太尖锐，因为她刚发表了三篇谁都能看懂的小说。其中的一篇《梅兰克莎》写得非常棒，是她实验性作品的优秀范例，已经出了单行本，受到认识她或是听说过她的批评家的好评。她性格中自有一种魅力，只要想把某个人拉到她这一边来，那都是不会办不成的，认识她与见到过她那些藏画的人都会不由自主地赞美自己没能看懂的她的那些作品，那是因为他们欣赏她这个人，因为他们相信她的判断力。何况她还发现了语言节律与叠用字词上的妙处，况且还能评说得头头是道呢。

但是她不喜欢单调乏味的修改文字这个苦差使，也讨厌履行把作品改得让人能够读懂的义务，虽然她需要出版作品，需要得到主流批评界的认可，尤其是那本冗长得让人难以置信的名叫《美国人的形成》[①]的书。

此书开篇精彩，接下来很长部分也着实不错，有大段大段能算得上文采飞扬，可是再往下去就是没完没了的自我重复了，换了个多点自知之明和不那么偷懒的作家，是必定会将它们扔到字纸篓里去的。我是在说服——也许用逼迫这个词更为合适——福特·马多克斯·福特[②]在《大西洋两岸评论》发表此稿时才开始明白这一点的，虽然明知即使连载到该刊停办，这部长篇也仍然是登不完的。为了能在该刊上登出，我不得不替斯泰因小姐通读全部校样，因为这桩工作并不能带给她任何快乐。

在那个寒冷的下午，我经过看门人房间，穿过凉飕飕的庭院，进入工作室的温暖氛围中，刊载长篇什么的都是往后几年的事了。那天下午，斯泰因小姐是在教导我性方面的知识。当时我们之间关系非常融洽，我已经知道凡是我不明白的事没准都跟性的问题有关。斯泰因小姐认为我在性的方面所受到的教育过于肤浅，我也必须承认对同性恋我是有些偏见的，因为我对之所知的都是更为原始的这一方面的。我知道，在“色狼”这个诨号还不是专门用在耽迷于猎逐女性的男人身上的时候，

① 此书出版于1925年。

② 福特·马多克斯·福特（Ford Madox Ford，1873—1939），英国作家。1924年在巴黎主编《大西洋两岸评论》，刊有乔伊斯、海明威等新潮作家的作品。本书后面有文专写到他。

作为一个半大小子在流氓团伙里混，真是很有必要随身带上一把刀子，而且有时候还真的能派上用场。从我在堪萨斯城[①]混的那些日子里，我便知道了不少“挂不出去”的黑话，在该市其他地区以及在芝加哥和走大湖的船上又学到了更多一些。那些糙话也都是“挂不出去”的。在追问之下我试着告诉斯泰因小姐，当一个人还是个半大小子却跟一伙大男人混到一块儿，你必须明白必要时就得开杀戒，得懂得怎样下手，非常清楚为了不被骚扰你真的得动刀子。这个说法倒还是“挂得出来”的。等你懂得该出手时就得出手，而别人能极迅速地感觉出来，便不会碰你了；不过有些局面你是绝对不能让自己陷进去或被人搡进去的。要是用湖上小船上那些色狼惯用的“挂不出去”的说法，我倒可以把意思表达得更加生动一些，那就是：“哼，有缝儿的也能将就，不过爷要的是个眼儿。”不过，我跟斯泰因小姐谈话时总小心翼翼，即便是当时实话实说倒更容易澄清一种偏见。

“是啊，是啊，海明威，”她说，“不过你当时是生活在罪犯和性变态者的环境里呀。”

对这一点我不想跟她争论，虽然我认为，我那时是生活在一个真实的世界里，里面有各式各样的人物，我试着去理解他们，虽然有些我无法喜欢，有些我至今仍十分憎厌。

---

① 海明威1917年中学毕业后，曾在《堪萨斯星报》任记者，当时才十八岁。

“不过，我在意大利住医院时，有位风度翩翩、出身名门的老先生，带了瓶马沙拉或是金巴利酒来看我，行为举止无可挑剔，但是有一天我不得不告诉护士，今后再也不能让那个老东西进来了。这样的事儿又该怎么说呢？”我问。

“那样的人有病，是身不由己，你应该怜悯他们。”

“难道我应该怜悯某某某吗？”我问道。当时我明白说出了此人的大名，由于此人极爱到处扬名，我觉得没有必要再在这里助他一臂之力了。

“不。他心眼很坏。他诱人堕落，他真的是心地邪恶。”

“可是一般都认为他是个蛮不错的作家呢。”

“他可不是，”她说，“他仅仅是好出风头，他是为了追求堕落的乐趣而诱人堕落，而且他还勾引别人染上别的恶习。比如说，吸毒。”

“这么说，在米兰的那个我应该怜悯的老头就不算是诱我堕落啦？”

“别说傻话了。他怎么能指望诱导你做坏事呢？有谁能指望用一瓶马沙拉酒去带坏一个像你这样喝烈性酒的小伙子呢？不，他是个身不由己的可怜老人。他有病，管不住自己，你应该可怜他。”

“我当时是可怜他的，”我说，“可是我感到太失望了，因为他是那么的彬彬有礼，风度翩翩。”

我又呷了一口白兰地，一边可怜那位老先生，一边谛视着毕加索画中那个挎着一篮鲜花的裸体姑娘。这次交谈并非我起的头，但我觉得这样谈下去会有点不妙。跟斯泰因小姐交谈几乎从来都不会出现冷场的，可是我们沉寂了下来，她显然有什么话要告诉我，于是我便斟满了我的酒杯。

“你对这类事情简直就是一窍不通，海明威，”她说，“你遇到的尽是些鼎鼎大名的罪犯、病态的人和邪恶的人。主要的问题是男同性恋者干的事儿太下流，令人作呕，完事后他们连自己都觉得恶心。于是便酗酒，吸毒，以缓解恶劣的心情，但是他们厌恶这样的行为，所以不断地更换伴侣，却无法真正快乐起来。”

“我明白。”

“女人呢，情况恰好相反。她们不做任何让自己反感的事，不做恶心的事，事后总感到很快乐，所以便能一块儿过快乐日子了。”

“我懂了，”我说，“不过对那位某某女士，又该怎么说呢？”

“这家伙坏透了，”斯泰因小姐说，“她那是坏到了家，所以不跟新伴侣相处便不会感到快乐。她把好人全都带坏了。”

“我明白了。”

“你的确真的明白了？”

在那段日子里，要弄明白的事情真是太多了，所以当我们聊到别的事情上去时我不由得感到轻松多了。公园关门了，因此我只好沿着公园外沿走到沃日拉尔路，绕过公园的南端。公园关上门挂上锁，显得挺凄凉，我心里也挺不是滋味的，因为得绕远路却不能走快步直穿公园回到拉摩瓦纳红衣主教街家中。这一天开始时是多么的明媚啊。明天我可得好好工作了。工作能治疗一切。我当时这么认为，现在仍然这么认为。我当时必须得治好的毛病，我判定斯泰因小姐是这么想的，是我太年轻幼稚和热爱我的妻子。当我回到拉摩瓦纳红衣主教街家中，把新得来的知识告诉我妻子时，我已经一点都不伤感了。夜晚，我们感受到快乐，由于原来就明白的知识和山居时学得的别的新知识。

"Une Génération Perdue"①

为了要取暖、观赏名画与聊天，便很容易养成习惯，在下午稍晚时去花园路27号小坐片刻。斯泰因小姐这段时间通常不接待客人，但对我总是非常友好，有很长一段时间还很热情。每当我为自己所工作的加拿大报社与通讯社外出采访，因为要报道各种政治会议或是有事去近东与德国，归来时她总要我把有趣的细节一五一十都告诉她。事情总有好玩的一面，她就爱听这些，以及德国人所说的"绞刑架上的幽默故事"。她想知道的是当今世界上发生的事里有趣的部分；真实的，绝对不要听，丑恶的，也绝对不想知道。

我当时年纪轻，无忧无虑，最倒霉的时候也会觉得遇上一些事儿既古怪又好玩，斯泰因小姐爱听的正是这些。不是这样的事儿我就不说，而是自己把它们写下来。

当我不是外出归来，而是在工作之余去花园路逗留片刻的时候，我有时会设法牵引斯泰因小姐多谈些书籍方面的事。一篇东西写到一半，我觉得放下笔时很有必要读点儿什么。要是

① 法语，"迷惘的一代"。本意为"失落的一代"或"迷失的一代"。

你心思总放在那上头，便很可能第二天再写时接不上茬儿，进行不下去。锻炼锻炼，让身体感到疲劳很有必要，能跟你所爱的人做爱自然更好。这比什么都强。但是事后，你感到空落落时，那就必须读点儿什么，好让你接着写之前不去考虑正在写的东西，不去白耗心力。我已经懂得永远别把你正在用的那口井里的水用尽，永远趁深处水还多时就放下笔，好让夜晚井从源头汲取到更多更多的水。

为了不去想写作，有时候我会去读一些当前正活跃于文坛的作家的作品，例如奥尔德斯·赫胥黎、D.H. 劳伦斯的或是随便哪本在西尔维娅·比奇[①]的租书处或是河边书摊上我能弄到的书。

“赫胥黎死人一个，”斯泰因小姐说，“你干吗去读一个死人写……的书呢？你不明白他已经死了吗？”

当时，我真没看出来他已经死了，我说他的书我读着觉得挺有趣的，读他的书可以让自己不去思考。

“你应该只读那些真正的好书，或者干脆是明摆着的坏书。”

“我整个冬天和去年整个冬天都在读真正的好书，明年冬天还要读，再说我不喜欢明摆着的坏书。”

---

① 西尔维娅·比奇（Sylvia Beach，1887—1962），美国女子，1919 年起在巴黎开设“莎士比亚书店”，出售图书杂志并附设出租部，逐渐成为著名作家荟萃之地。她还曾帮助过乔伊斯出版《尤利西斯》。奥尔德斯·赫胥黎（Aldous Huxley，1894—1963），英国著名作家。斯泰因后文如此说是贬他名存实亡。D.H. 劳伦斯（D.H.Lawrence，1885—1930），英国小说家，《查泰莱夫人的情人》的作者。

“你干吗要读这种垃圾呢？这些是徒有光鲜表面的垃圾货，海明威。根本就是一个死人写的。”

“我想看他们都在写些什么，”我说，“而且这样做能使我不去写同样的东西。”

“你此刻还在念谁的作品？”

“D.H. 劳伦斯。”我说，“他写了些相当好的短篇小说，其中的一篇叫《普鲁士军官》。”

“我曾试着读他的长篇小说。他真让人受不了。他无病呻吟且又荒谬矫情。就像是个病人写的。”

“我喜欢《儿子与情人》以及《白孔雀》，”我说，“也许后面那部没那么好。《恋爱中的女人》我读不下去。”

“如果你不想读差劲的书，想读能吸引你兴趣自成一路的奇妙作品，你应该念玛丽·贝洛·朗兹[①]的东西。”

我从未听说过这个女人，于是斯泰因小姐借给我看《房客》，那本写“开膛手”杰克的惊人故事的小说，还借给我一本写巴黎郊外必定是昂吉安温泉所发生的一桩凶杀案的书。这两本都是挺不错的供人工作之余消遣解闷的书，人物真实可信，情节与恐怖也毫不胡编滥造。你忙了一天之后读这些书再合适不过，我把能找到的贝洛·朗兹女士的作品全都看了。可是都

① 玛丽·贝洛·朗兹（Marie Belloc Lowndes，1868—1947），英国通俗小说女作家。“开膛手”杰克是1888年伦敦一个在夜里小街上杀害多名妓女并将之开膛破肚的恐怖分子，始终未被警方拿获。名噪一时，成为多部书籍的主人公。

不如最初读到的那两本精彩，我一直都没找到白天和晚上余暇时都能读得过瘾的书，直到西默农[①]最初那几本好作品问世。

我寻思斯泰因小姐没准是爱读西默农的优秀作品的——我读的他第一部作品不是《一号船闸》便是《运河人家》——不过我不敢肯定，因为我认识斯泰因小姐时她不爱读法文书虽然她喜欢说法语。我最初读到的这两本西默农的书是珍妮特·弗兰纳[②]送给我的。她爱读法语书，西默农当采访犯罪案件记者时她就注意到西默农写的报道了。

在我与斯泰因小姐交谊深厚的那三四年里，我不记得对于未著文夸奖过她或未为促进她的文坛地位出过力的任何作家，她曾经说过一句好话，除了对罗纳德·弗班克，以及稍后对司各特·菲兹杰拉德[③]。我初次见到她时，她提到舍伍德·安德森[④]时，并没有把他当作一位作家，而仅仅是视作一个男人，兴致勃勃地说他那双大眼睛长得漂亮、温暖，像是意大利人的，又说他和蔼可亲，很有魅力。我没有留心他眼睛是不是又大又美

---

① 乔治·西默农（Georges Simenon，1903—1989），比利时法语小说家，多写探长麦格雷破案故事，以文笔简练著称。

② 珍妮特·弗兰纳（Janet Flanner，1892—1978），当时任《纽约客》驻巴黎记者。

③ 罗纳德·弗班克（Ronald Firbank，1886—1926），英国小说家。司各特·菲兹杰拉德（F.Scott Fitzgerald，1896—1940），美国小说家。后文中会详细写到。

④ 舍伍德·安德森（Sherwood Anderson，1876—1941），美国作家。其作品多以小城镇为背景，描写小市民的惶惑情绪，带有自然主义和神秘主义色彩。

又热情，是不是像意大利人，只是非常喜欢他的某几个短篇小说。它们文笔简练朴素，有时候写得很漂亮，他熟知他笔下的人物，也对他们怀有很深的感情。斯泰因小姐不想谈他的短篇小说，光是谈他这个人。

“他的长篇怎么样？”我问她。她不想再谈安德森的作品了，一如不想谈乔伊斯的作品那样。倘若你两次提到乔伊斯，那就不会再受邀来做客了。这就跟在一位将军面前夸奖另一位将军一样。这样的错误你犯过一次，就明白再不能犯第二次了。虽然你任何时候都可以在跟你谈话的这位将军面前提他曾击败过的某位将军。于是在跟你谈话的这位便会慷慨大度地夸奖他的手下败将，接着便兴高采烈地细谈当年是如何将其揍扁的。

安德森的短篇小说写得过于好，不宜充当轻松聊天的谈资。我打算告诉斯泰因小姐他的长篇小说差得太离谱，但这样做也会效果坏得出奇，因为这又是在伤害她的一个最忠实的支持者了。最后安德森写了一本叫《黑色笑声》的长篇，实在太次，既愚蠢又做作，使我忍不住写了本戏仿之作（《春潮》）①，加以讥评，不料却惹来了斯泰因小姐的满腔怒火。因为我这样做是在攻击她集团里的一个成员了。不过此事之前相当长的一段时间里她并没有生气。而在安德森作家的地位一落千丈之后，她

① 《黑色笑声》出版于1925年。海明威的《春潮》出版于1926年。当时有批评家把海明威与安德森相提并论，甚至说海明威受安德森影响，这触犯了海明威的自尊心，所以写戏仿的《春潮》设法撇清。

自己反倒开始毫不吝啬地去吹捧他了。

她曾经很憎恨埃兹拉·庞德，因为庞德往她的一把既小又不结实而且肯定是极不舒适的椅子上坐下去时动作太快，结果椅子不是压裂了便是整个儿散架了，这椅子没准儿是特地安排让他坐的。他当时已是位大诗人，为人温和慷慨，照说是配得上享受一把大小合适的椅子的，但主人却未加考虑。至于她表述自己不喜欢埃兹拉的理由，言辞极具技巧却充满恶意，那都是多年之后才编造出来的。

是在我们从加拿大回来住在乡村圣母院路，斯泰因小姐和我还是好朋友时，她说了关于迷惘的一代的那句话的。她当时用的那辆老式 T 形福特车点火装置出了点问题，修车行那个大战末期当了一年兵的年轻人，要么技术不熟练要么就是没让斯泰因小姐的福特车晚来先修，总之是惹恼了斯泰因小姐。在她的强烈抗议下修车行老板把小伙子狠狠地“修理”了一番，老板对他说：“你们全都是 génération perdue①。”

“你也是的。你们全都是的，”斯泰因小姐说，“你们所有在大战中当过兵的年轻人。你们就是失落的一代。”

“真的吗？”

“就是的，”她坚持说，“你们把什么都不放在眼里。你们喝

---

① 法语，原意是“没着没落的一代”“失落的一代”。我国翻译界最初译为“失落的一代”，现一般译为“迷惘的一代”。这里视上下文口气兼用两种译法。又：附带在此说明，译者于此处用了“修理”二字，绝非受眼下时髦文风的影响，而是原文中用的就是“corrected severely”。

酒喝到送命……”

“那个年轻修理工喝醉了吗？”我问。

“当然没有。”

“你见到我喝醉过吗？”

“没有。不过你那些朋友都是醉醺醺的。”

“我喝醉过，”我说，“不过我从未喝醉了上你这儿来。”

“当然没有。我没这么说。”

“那孩子的老板没准上午十一点就已经喝醉了，”我说，“所以他才编得出那么漂亮的台词。”

“别跟我顶嘴，海明威，”斯泰因小姐说，“这样做一点儿好处都没有。你们全都是失落的一代，就像车行老板说的那样。”

后来，在写我的第一部长篇小说时，便试着从《传道书》[1]里引了一句话来平衡修车行老板所说的那句话。不过，那天晚上步行回家时，我想起了修车行的那个小伙子，寻思在部队把卡车改装为救护车时，他有没有被拉去开车。[2]我记得司机们往往会把刹车片烧坏，当时他们载了满满一车伤员走下山路不得不死死踩住刹车，刹车片磨坏了只得挂倒挡，最后面的那几辆只好空着车下山，以后就换开有优质H型变速换挡器和金属刹车片的大型菲亚特车了。我想到斯泰因小姐和舍伍德·安德

---

① 见《圣经·旧约·传道书》。那句话是：“一代过去，一代又来，地却永远长存……”

② 海明威自己第一次世界大战时曾进入红十字会当救护车司机，并负伤于意大利前线。

森以及自我中心、思想上的懒惰与纪律的对立，想到了到底该由谁管谁叫“迷惘的一代”呢？此时我渐渐走近丁香园咖啡馆，灯光打在我的老朋友内伊[①]元帅的铜像上，他的军刀刺向前方，铜像上树影斑驳，他孤身一人，连一个追随者都没有，滑铁卢一役他败得多么惨呀，我想到历来的一代代人都是被什么弄得迷失与迷惘的，过去如此，今后亦将如此，我在丁香园坐了一小会儿好陪陪那座铜像，喝一杯冰啤酒然后再回锯木厂上方自己的家。可是坐在那里喝啤酒时，我看着铜像，想起从莫斯科撤退，当拿破仑带着科兰古[②]乘坐马车仓皇逃窜时，内伊亲自率领后卫部队且战且退，苦战了多少日子呀，我想到斯泰因小姐曾是位多么热情亲切的朋友，她谈到阿波里奈尔[③]和他的死时又是谈得多么的精彩呀，这位诗人正好在1918年停战的那天去世，群众高呼“打倒纪尧姆”，昏迷中的阿波里奈尔还以为是喊打倒自己呢。这时我想，我要尽我的所能帮助她，使她所写过的好作品能得到公正的对待，就让上帝和内伊助我一臂之力吧。至于她的那套关于“迷惘的一代”的说法和轻易给人乱贴的标签，就全都见鬼去吧。我走到家，进了院子，上楼见到我的妻子、我的儿子以及他的那只猫咪“F.噗斯”，他们全都很高兴，

---

① 米歇尔·内伊（Michel Ney，1769—1815），法国元帅，骁勇善战，曾参加拿破仑的历次战争，包括滑铁卢战役，波旁王朝第二次复辟后被处极刑。

② 科兰古，曾任拿破仑的侍从官。

③ 纪尧姆·阿波里奈尔（Guillaume Apollinaire，1880—1918），法国诗人。德皇威廉二世名字中的“威廉”在法语中即是“纪尧姆”。

壁炉里生着火，我对我妻子说："你知道，不管怎么说，葛特鲁德这人还是不错的。"

"当然是的，塔迪。"

"就是有的时候会瞎说一气。"

"我是从来都不听她说什么的，"我妻子说，"我是当妻子的。我聊天的对象是她的那个同伴。"

莎士比亚公司

在那些日子里，因为无钱买书，我便从莎士比亚公司的借书部借书看。借书部与书店由西尔维娅·比奇开设在奥德翁路12号上。在一条寒冷、刮风的街上，能躲进这个地方真让人感到温暖惬意，冬天生有一只大火炉，桌子与书架上都摆满了书，橱窗里陈列着新书，墙上挂着著名作家的照片，有已故世的，也有依然健在的。那些照片看来都像是生活照，连已故世的作家看上去也似乎尚在人间。西尔维娅有一张生气勃勃、棱角分明的脸，一双褐色眼睛像小动物般灵活，像少女般欢欣。她的带波纹的棕发从白皙的前额往后梳，浓密地垂到耳际底下，在那儿唰地剪齐，正挨着她所穿咖啡色丝绒夹克的衣领。她那双腿长得很美，人很和气，老是笑盈盈、兴致勃勃的，她喜欢开玩笑和聊天。我认识的人里再没有一个待我更加和善的了。

我初次进入那家书店时非常胆怯，因为并未带够加入租书部的押金。她告诉我什么时候带够钱了再交都可以，接着便给我办了借书卡，还说我想借多少本都行。

她没有理由相信我。她不认得我，而我写给她的地址“拉摩瓦纳红衣主教街74号”又是在一个再穷不过的地段。但她却是那么的高兴与喜滋滋的，非常欢迎我来，而在她身后，则是高抵墙顶并延伸到通往后院里间的一排排放满了书的木架，那可是书店的宝藏。

我首先从屠格涅夫开始，取下两卷本的《猎人笔记》和D.H. 劳伦斯的一部早期作品，大概是《儿子与情人》，西尔维娅说我若是想就再拿几本，我便选了康斯坦斯·加内特[①]译的《战争与和平》以及陀思妥耶夫斯基的《赌徒及其他》。

“你如果打算把这么些书全都读完，是不会很快再来的。”西尔维娅说。

“我会回来交款的，”我说，“我住处还有些钱。”

“我可不是这个意思，”她说，“你方便的时候交付就是了。”

“乔伊斯一般什么时候来？”我问。

“他要来的话，总要到下午挺晚的时候了，”她说，“你从来未曾见到他吗？”

“我们在米肖餐厅见到他和家人一起吃饭，”我说，“不过人家吃饭时盯着看很没礼貌，而且米肖是一家高级餐厅。”

“你们在家里吃饭的吧？”

“现在基本上是的，”我说，“家里的那位饭做得不错。”

“你们住的那一带近处没有什么好餐馆，对吧？”

“没有。你怎么知道的？”

---

① 康斯坦斯·加内特（Constance Garnett，1861—1946），英国女翻译家，长于翻译19世纪俄国文学，最早将托尔斯泰、陀思妥耶夫斯基、契诃夫等介绍给英语世界。

“拉尔博[1]在那边住过，”她说，“除了这一点，他倒是挺喜欢那一带的。”

“挨家近些味道还行的便宜餐馆，就得往先贤祠那边走过去一段了。”

“那一带我不熟。我们就在家里吃饭。你和你太太有空一定要来呀。”

“等你先看我是不是把款付清了再说吧，”我说，“不过我还是得谢谢你的邀请。”

“书也不用看得太急的。”她说。

在拉摩瓦纳红衣主教街的家是个两居室的套间，没有热水也不带卫生设备，只有一个消毒便桶，对于一个习惯了密歇根州室外茅房的人来说倒不会觉得有什么不舒服。但是这儿能眺望美好的景色，地板上铺上弹簧软垫便是张挺舒服的床，墙上挂有我们喜欢的画，那就是个让人感到欢乐愉快的住处了。我捧了一摞书回到那里便告诉妻子我发现的那个好去处的种种情况。

“可是塔迪，今天下午你就必须去把钱付清了。”她说。

“我当然会的，”我说，“咱俩一块儿去。然后就沿着河边和码头散步。”

“咱们还是走塞纳路吧，这样就能看所有的画廊和商店橱

① 瓦莱里·拉尔博（Valery Larbaud，1881—1957），法国作家，翻译过乔伊斯作品的片段。

窗了。”

“那当然。咱们可以信步而行，见到哪家新开的咖啡馆，就进去坐坐，那里我们不认识谁，也没有谁认识我们，咱们可以喝上一杯酒。”

“咱们可以喝两杯。”

“然后再找个地方吃饭。”

“不行。别忘了咱们还得付借书部的钱呢。”

“那我们回家吃，吃一顿挺有味道的饭，喝从合作商店买来的博纳酒，你从窗口望出去就能见到橱窗上贴的博纳酒的价格。吃完饭我们看一会儿书然后上床亲热亲热。”

“咱们永远不爱别人，光就咱俩好。”

“就是。绝对不爱别人。”

“多么美好的下午和傍晚啊。我们现在就吃饭吧。”

“我可饿坏了，”我说，“我在咖啡馆写作时光喝了一杯奶油咖啡。”

“写得顺利吗，塔迪？”

“我看还行。我希望能这样。咱们午饭有什么吃的？”

“小红萝卜，还有挺嫩的小牛肝配土豆泥，外加菊苣沙拉。最后是苹果馅饼。”

“咱们能弄到世界上种种好书读了，出外旅行时还可以带上。”

“这样做不违规吧？”

“当然没有。”

“她也有亨利·詹姆斯[1]的书吗？”

“当然。”

“我的天，”她说，“你找到了那样的地方，咱们太幸运了。”

“咱们一直都是交好运的。”我说，就跟傻瓜似的，竟忘了去敲敲木头。公寓里随处都有木头，要敲到太方便了。[2]

① 亨利·詹姆斯（Henry James，1843—1916），美国重要小说家、批评家。著有《一个女士的画像》（1881）、《鸽翼》（1902）等。长期旅居欧洲，1915年入英国籍。

② 英美人认为一个人遇到好运需敲敲木头，以免运气走失。

塞纳河畔人

从拉摩瓦纳红衣主教街高处走向塞纳河边有许多种走法。最短的一种就是沿街直下，可是路很陡，而且在你来到一片平坦些的地面，穿过圣日耳曼大街起始处交通繁忙的街口时，便会进入一段阴暗沉闷、寒风阵阵的河岸，右边是一个葡萄酒棚库。此处与巴黎任何别的市场都不一样，是某种扣押葡萄酒以待交清欠税的关栈，外表跟兵站或是囚犯营一般死气沉沉。

跨过塞纳河的支流便是圣路易岛[①]了，这里街道狭窄，古老的房宅高耸、美观，你可以跨过支流上这边来，也可以往左拐，沿着与圣路易岛一般长隔河并行的码头前行，走不多远，对面就是圣母院和西岱岛了。

在沿码头摆的旧书摊上，你有时可以用非常便宜的价钱买到美国刚出版不久的书。当时银塔餐厅楼上有少数几个房间可以出租，房客在餐厅用膳还可以打折，他们离开时若是扔下书不要了，不远处码头边上正好有个书摊，茶房便把书撮堆卖给

① 圣路易岛是塞纳河两个河心岛之一（另一为西岱岛），上有17世纪时所建狭窄街道和房屋。著名的圣母院亦在岛上。

女老板，而你呢，就能用不多的几个法郎把书买到手。女老板对英文书缺乏信心，好在收进来几乎没花钱，多少有点赚头便愿意尽快脱手。

“这些书里可有本把稍好点儿的？”我们混熟后她问我。

“偶尔也能碰上一本。”

“怎么看得出来呢？”

“我读过就会知道了。”

“这仍然是撞大运嘛。再说有几个人能读懂英文书呀？”

“你收到了给我留几天，让我翻上一遍。”

“这可不行。没法给你留。你又不是经常路过这儿。你隔上好一阵才会来一趟呢。我得尽快出手。谁说得上它们是不是垃圾呢。如果真是垃圾货，就得砸在我的手里了。”

“那你怎么判断哪本法文书值钱呢？”

“首先看有没有插图。然后，再看图画的水平怎样。完了就看装订。如果是好书，那么书的主人自然会把它好好装订的。所有的英文书倒都是装订的，可是装订质量很次。让人没法判断是不是好书。”

过了银塔餐厅附近这个书摊，要一直走到大奥古斯丁码头才会有卖英美书的摊子了。从那里再往前走一直过了伏尔泰码头，还有几家书摊，专门卖从左岸旅馆特别是伏尔泰旅馆的职工那里收来的书，住这一家旅社的阔游客最多。有一天我跟另一个和我有点交情的女摊主打听，可有游客来卖书的。

“没有的事，”她答道，“他们把书一扔就走人。所以我们才知道这些书不值钱嘛。”

“准是朋友送给他们坐船时随便翻翻的。”

“那还用说，”她说，“他们扔在船上必定更多。”

“他们大批大批地扔。船运公司收拢来装订一下，于是便补充到船上的图书室里去了。”

“真够聪明的呀，”她说，“至少是能装订得好一些了。这样一来书就能多值点儿钱了。”

在我写作告一段落或是打算想清楚一个问题时，我总会沿着码头走走。如果在散步，在干点什么活儿或是看别人干他们内行的活儿，思考起问题来便会更容易一些。在西岱岛尖端新桥底下立有亨利四世铜像处，岛端尖得像一条船的船头，水边有个小公园，近水处长着些优美的栗树，树干高大，枝叶纷披，塞纳河流过，形成些急流与回水处，这里便是最适宜于垂钓的地点了。你走下一段台阶来到小公园，就能看到岸边以及大桥底下的垂钓者了。最佳钓鱼处会随着水的涨落而有所变动，钓鱼人用细长、一段段接起来的钓竿，但是接钩绳极细，设备都极轻巧，浮子则是用翎管制的，他们把鱼饵扔在最最合适的那几个点上，完全是专业水平。他们总能钓到一些鱼，有时手气好，便能钓到不少形状与鲦鱼相似的鱼，按他们的说法是goujon①。这种鱼整条放在油里一煎喷喷香，我能吃下去一大盘。这种鱼肉头很厚，也很嫩，甚至比新鲜沙丁鱼还要香，而且一

① 法语，鮈鱼。

点也不油腻，我们总是连骨头什么的全吃下去。

享用这种鱼的最佳去处之一是下默东那里伸出在河上的一家露天餐厅，我们稍有几个钱能离住家一带远点儿的地方去小游一番时，便会上那儿去。那家餐厅叫“圣迹渔场”，卖一种上佳白葡萄酒，为麝香葡萄酒里的一种。这地方宛若出自莫泊桑笔下的一篇小说，眺望到的河上景色简直就是西斯莱[①]曾经画过的。其实光是为了吃鮈鱼倒不必非得走那么远，就在圣路易岛也完全可以饱餐一顿美味的油炸鮈鱼。

我结识了几个钓鱼人，他们在圣路易岛和绿骑士广场之间塞纳河鱼最多的地段钓鱼，如果天气晴朗，我会打上一升葡萄酒，带上一个面包、几根香肠，坐在阳光下读我买到的书里的一本，一边瞅他们钓鱼。

游记作家写到塞纳河上的钓鱼客时，仿佛他们都是一群疯子，连一条鱼都未能钓到过；其实他们是当作一回事认真干的而且收益颇丰。大部分的钓鱼者都在领着微薄的养老金，但当时根本没想到过不多久就会因为通货膨胀变得几乎一文不值，另外的那些水平更高的则是轮休时或是下班之后来钓鱼的。在马恩河汇入塞纳河的沙朗通以及巴黎两侧郊区都有更佳的钓鱼处，但巴黎市内就有极好的钓鱼地点。我之所以不钓是因为我没有渔具，而且我更愿意攒点儿钱上西班牙去钓。再说我永远

---

① 阿尔弗雷德·西斯莱（Alfred Sisley，1839—1899），法国著名印象派画家。

都不会知道作品什么时候能写完，什么时候会给派去出差，我也不希望沉迷于此道，因为它是有旺季与淡季的。不过我密切地关注着，它很有趣，很值得深入了解，而且见到有人就在城市中心钓鱼，还真的能钓到，为数不算少，的确能带上几条煎好的鱼拎回去与家人共享，我总是由衷地感到高兴。

有了垂钓者与河上的生活，还有漂亮驳船与船上自成格局的生活方式，有能折起烟囱在桥洞底下钻过去身后拖曳着一长行驳船的拖轮，有河边石堤上高大的榆树、悬铃木[①]，偶然也夹杂着几株白杨，我沿着河边走便永远也不会感到寂寞。城里有那么多树木，你自然每天都能看到春天正在来临，直到刮过一夜暖风后，早上起来，春天真的来到了。但有时会泼下一阵冷冷的大雨，又把春天赶了回去，仿佛春天永远不会再来，你生命中真的失去了一个季节。这就是巴黎唯一真正让人感到悲哀的时节，因为这是违反天时的。秋天，人会变得忧郁，这是常情。每年，树叶凋零，只剩下光秃秃的枝干暴露在寒风与凛冽日光之下，这时节，你身子的一部分也随之死去。可是你知道春天总会来到，正如你知道河水冻住后必定会再次奔流。可是当连绵寒雨扼杀了春天时，这就跟一个青年无端被夺去生命一样。

在那样的日子里，虽然春天最终还是会姗姗来临，但一想到它差点儿被扼杀，总不免让人胆战心惊。

---

① plane tree，即我国俗称的法国梧桐。在法国自然不会这样称呼。

一个虚假的春天

春天来临时，即使仅仅是虚假的春天，除了找寻个去处能使人过得最快乐，就再没别的问题了。唯一能败坏这一天的就是人。只要你能做到不去约见什么人，那么这一天就能过得无拘无束。给愉快心情制造障碍的永远是人，除非是极少数像春天本身一样美好的人。

春日清晨，我总是早早儿就开始工作，妻子仍在酣睡。窗户全敞开着，街上让夜雨淋湿的鹅卵石正逐渐变干。在太阳照耀下，窗子对面那排房屋潮滋滋的墙面也一点点干了。商店还关着门。牧羊人吹着风笛顺着街道走来。住在我们上面一层的一个女人捧着只大罐子走在人行道上。羊倌挑了只乳房鼓胀的黑奶羊，将羊奶挤进罐里，这时候，他的牧羊犬把另外那几只羊往路边轰赶。这群羊四下张望，像观光客似的扭动着脖颈。羊倌从女人手里接过钱，谢过她，又吹起风笛沿着街继续走去，那条狗把羊群往前轰，羊角上上下下一颠一颠。我又接着写作，那个女人抱着奶罐上楼了。她穿着一双打扫卫生用的毡底鞋，所以走到我们门口稍停片刻时，我只能听到她的喘气声，接着又听到了她的关门声。她是我们这个楼唯一订羊奶的顾客。

我决定下楼去买一份《赛马晨报》。再穷的居民区也不至于连一份赛马报都无处可买，可是今天天气这么好，你得尽早才能买到。我在护墙广场拐角处笛卡儿路上买到了一份。羊群也正顺着笛卡儿路走，我大口吸进清新空气，快步往回走，爬上楼梯，好把手头的活儿干完。我方才真忍不住想待在外面清晨的街上跟着羊群继续往前走呢。可是在重新开始工作之前我先看了看报纸。昂吉安会有场比赛，那是个漂亮的、扒手扎堆的小型跑马场，圈外人倒觉得这儿蛮适合自己。

好吧，今天我把活儿干完了就去看赛马吧。我替多伦多一家报纸写过东西，那边汇来了一些钱，倘能找到合适对象那咱们就来上一次"远投"。有一回在奥特伊马场，我妻子在一匹叫"金山羊"的马身上押过一笔钱，赔率是一百二十比一，那马领先了足足二十个马身，却在最后一次跳栏时摔倒，使我们输掉了整整六个月从牙缝间省下的钱。我们曾下定决心再不去想这档子事了。那一年，在"金山羊"事件前，我们都是既顺风又顺水的。

"咱们真有余钱赌上一把吗，塔迪？"妻子问我。

"没有。咱们只能考虑手头有的这些了。你还有什么地方要花钱吗？"

"这个嘛……"她嗫嚅道。

"我明白。这一阵日子过得很紧，我很抠门，把钱袋捂得太紧了一些。"

"这倒没有，"她说，"不过……"

我知道自己近来是过于俭省了，日子的确过得很寡淡。一个专心工作并从中得到满足的人是不会在乎日子过得苦不苦的。我想到水平不如我们的人却能享用浴缸、淋浴设备和抽水马桶以及出门旅行时能享受到的种种服务——我们倒还是能时不时出门旅行的。街尽头河边处也总开有一家公共浴室的。我妻子就只是在“金山羊”摔倒时哭过，对其他那些事从未抱怨过一声。而且我记得，她是为心疼“金山羊”而哭，而不是因为输了那笔钱。她想买一件灰羊羔皮短夹克，我当时很不理解，不过她还是买了，我一见到倒也是挺喜欢的。我在其他一些事情上也都做得很傻。这一件件事都是与贫穷作斗争的内容之一，你只有不花钱才能战胜贫穷嘛。尤其是在为了买画只好不买衣服的时候。但是当时我们从不把自己看成是穷人。我们绝不接受这样的想法。我们认为自己比别人优秀，而我们所鄙视与认为有充分理由不加信任的人正是有钱人。把圆领运动衫穿作内衣来御寒，在我看来再自然不过。只有富人才会觉得这么穿不合体统。我们吃得不错，花钱不多，我们有好酒水喝，花钱不多，我们睡得很舒服，挤在一块儿挺暖和的，彼此相亲又相爱。

“我想我们应该去，”我妻子说，“咱们都这么久没去了。咱们带一顿午饭和一些酒水去。我来做一些特别好吃的三明治。”

“咱们坐火车去，这样更便宜些。不过要是你觉得还是不去的好，那咱们就不去。今天不论干什么事咱们都会觉得有意思的。天气实在是太好了。”

“我认为咱们应该去。”

“你是不是宁愿把钱花在别的上面？”

“没有，”她高傲地说。她那副可爱的高颧骨表现高傲再合适不过了，“再说了，咱们是什么人呀？”

于是，我们从北站乘上火车，穿过城里最肮脏、最让人糟心的地区，然后从侧线步行走到绿洲般的赛马场。时间还早，我们在新修剪过的斜草堤上铺上我的雨衣，坐下吃午餐，对着瓶口喝白葡萄酒，一边眺望那老旧的看台与棕褐色的售票小木屋，还有长着青草的跑道，一道道深绿色的跳栏，以及泛出褐色暗光的障碍水潭与刷白的石墙、白色立桩和栏杆、刚透出嫩绿叶芽的树丛底下的围场与正被牵出在缓步而行的那第一批马。我们又喝了几口酒，细心研究报上所登的赛马程序表，我妻子躺在雨衣上假寐，任凭阳光照晒自己的脸。我朝有人处走去，遇上一位昔日在米兰的圣西罗赛马场结识的老熟人。他向我提了两匹马的名字。

“告诉你吧，指望靠它们赢大钱没门。但也别让赌价太高吓得不敢下手呀。”

我们把一半的赌本押在第一匹马的身上，赢了，赔率是一赔十二，这马跳跃动作特别漂亮，它跑在最靠外的那个圈子上遥遥领先，到达终点时足足领先四个身位。我们把赢来的钱留下一半，收好，剩下的全押在第二匹马的身上，它冲在头里，一路率先跃过障栏，在平地上跑时好不容易才领先一点点首先冲刺，而为大家看好的那匹随着每次跳障与两次挥鞭紧紧撵上来，距离越来越小。

我们走到看台下面的酒吧里去要了杯香槟，一面等待公布赢马能配发的款额。

“天哪，赛马真让人神经受不了，”我妻子说，“你没看到那匹马差那么一点点就要撵上了吗？”

“我的心脏至今还在别别跳呢。”

“能赢多少钱？”

“方才牌价上写的是十八比一。可是没准儿最后又有人在它身上下了不少赌注。”

赛完的马群走过来了，咱们的那匹浑身湿漉漉的，鼻孔大张着在喘气，骑师轻轻拍打着它。

“真可怜呐，”我妻子说，“我们也只是下了点赌本罢了。”

我们观看着马群走了过去，又喝了杯香槟，这时，赢钱的赔率出来了，1:8.5[①]。这就是说你买十法郎马票能拿到八十五法郎。

“必定是有人在最后一刻投进去了一大笔钱。”我说。

但是我们仍然是赢了不少钱，对我们来说，能算是发了一大笔了，如今我们是既享受到春天，又有了钱。我寻思这也就是我们冀盼能得到的一切了。在这样的一个好日子里，如果把赢来的钱分成四份，一人花掉四分之一，剩下那一半可以留下来当赛马的本钱。我把这笔赌本悄悄放好，不让它跟别的钱

① 方才是18:1，由于最后一刻挤进许多买此匹马马票的人，所以赔率下降至8.5:1。

相混。

那一年晚些时候，有一天，我们一次外出归来，又在某条马道上交了红运，在归途上，我们于普律尼饭店门前停下，在细细研究过橱窗里标明的精美佳肴的价格单后，我们走进去在酒吧间里坐下。我们点了牡蛎和墨西哥螃蟹，还要了几杯桑塞尔葡萄酒。在晦暗中我们穿过蒂伊勒里公园往家走，停住脚步，越过骑兵竞技场拱门眺望那一个个黑沉沉的花园，以及憧憧黑影后面协和广场上的华灯，再就是逐渐升高的灯火所通向的凯旋门。接着，我们扭过头朝卢浮宫的幽暗处望去，我说："你真的认为三座拱门是成一直线的吗？这儿的两座跟米兰的赛米昂纳拱门？"

"我说不上来，塔迪。人家这么说，他们总该是清楚的吧。你还记得吧，咱们那回在雪地里爬山，翻过圣伯纳山隘[1]到达意大利这一边就进入了春天，你、钦克还有我就在这片春光里走了一整天，一直走到奥斯塔？"

"钦克说这是'穿着出客皮鞋翻越圣伯纳山隘'。还记得你穿的那双鞋吗？"

"我那双可怜的鞋哟。你可记得咱们在画廊边上的比菲餐厅吃什锦水果，一大缸加了冰块的高脚玻璃杯，浇上卡普里白葡萄酒，再往里放新鲜桃子和野草莓？"

---

① 在阿尔卑斯山，两边是瑞士和意大利。下文中提到的钦克，爱尔兰人，是海明威"一战"中在米兰养伤时结识的朋友。

"就是在那时我开始琢磨三座拱门的说法不靠谱的。"

"对赛米昂纳拱门我还有印象。跟这一座模样是差不多。"

"你还记得阿格尔的那家小旅馆吗？就在那儿，有一天我钓鱼，你跟钦克坐在花园里看书。"

"是啊，塔迪。"

我记起了罗讷河那窄窄的、水流灰暗夹杂着不少雪水的模样，在它两边，各有一道有鳟鱼的河沟，它们是施托卡普河和罗讷河的旁支。那天，施托卡普的水流清澈至极，而罗讷河却仍然十分浑浊。

"你还记得不，七叶树繁花盛开那时节，我怎样努力想记起一个关于紫藤蔓的故事，仿佛是吉姆·甘布尔[①]告诉我的，可我怎么也记不起来了。"

"记得的呀，塔迪。你跟钦克老是琢磨怎样能使故事显得逼真，应该怎样写，记述下来就行，别添枝加叶多加描写。这些我全都记得。有时候他说得有理，有时候你说得对。我还记得你们争论了关于光线、质地和形体这样的问题。"

这时候我们已经穿过卢浮宫，走出大门，来到街对面，站在桥上，倚着石栏俯视河水。

"我们三个不管什么都要争论一番，对具体问题也永远极其较真儿，我们还互相开玩笑。整个旅途中我们做过的一切，说

① 吉姆·甘布尔（Jim Gamble，1882—1958），海明威的一位朋友，是他在意大利开救护车时的上司。

过的一切，我全都记得，”哈德莉说，“我真的记得。全都记得。你跟钦克谈话时总把我算作一分子。可不像在斯泰因小姐家里那样，光是个当老婆的。”

“我希望我能记起关于紫藤花蔓的那个故事。”

“那不重要。重要的是葡萄酒[1]，塔迪。”

“你还记得有回我从阿格尔带了些葡萄酒回休假小木屋的事儿吗？是在小旅店人家卖给我们的。旅店的人说这种酒就着鳟鱼喝再好不过了。记得还是用几张《洛桑日报》包回家的。”

“西昂[2]的酒甚至还要好。你可记得，咱们回到小木屋后，甘吉斯韦施太太是怎么做奶汁鳟鱼的吗？鳟鱼好吃极了，塔迪，咱俩坐在屋外门廊上边品西昂酒边吃鱼，脚底下就是倾斜的山坡，我们能越过湖一直望到积雪覆盖到半山腰的南山，以及罗讷河汇入湖的河口处的树林。”

“咱们每逢冬春两季时总会想念钦克。”

“总是会的。可是季节过去了，我此刻还很想念他。”

钦克是个职业军人，从桑赫斯特军校毕业后就去了蒙斯前线。我最初是在意大利遇到他的，两人很合得来，后来在很长一段时间里他都是我们夫妻俩最好的朋友。当时他每逢休假总爱跟我们待在一起。

“他打算争取明年春天能享受到休假。上星期他从科隆来过

---

① 此处原文有些费解，或许哈德莉的回答语含双关。利用了 Vine（藤蔓）和 Wine（葡萄酒）的谐音。

② 西昂是位于瑞士西南部罗讷河畔的一个古城。

一封信。”

“我知道的。咱们这会儿还是得享受眼下的快乐时光，连一分钟都不放过。”

“咱们这会儿瞧着的是在拍击着桥底扶壁的河水。再往上游看过去，瞧瞧能望到什么景色。”

我们望过去，景色都历历在目：我们的河，我们的城市，我们的城市里的这个河心小岛。

“咱们太幸运了，”她说，“我希望钦克能来。由他来安排咱们怎么过。”

“他可不是这么想的。”

“当然不是。”

“他认为咱们仨是在一起探险。”

“咱们正是这么做的。不过要看在探的是什么险了。”

我们走过桥去，来到塞纳河我们住家所在的这边。

“你肚子又饿了吧？”我说，“是咱俩都饿了。又说话又走路的。”

“自然啦，塔迪。莫非你不饿？”

“咱们找一家好饭馆，吃一顿正正经经的大餐吧。”

“去哪儿呢？”

“米肖餐厅，怎么样？”

“再好不过，而且地方还那么近。”

于是我们沿着教皇路来到雅各路的拐角，有时会停住脚步看看橱窗里的绘画与家具。我们站在米肖餐厅的外面看张贴出的菜单。米肖今天人气很旺，我们等待顾客用罢饭出来，注意着哪几张桌子已经在用咖啡了。

走了那么多路我们早就又饿了，米肖对我们来说可是一家令人兴奋的昂贵餐厅。当时乔伊斯常带着一家人来这儿用餐，乔伊斯和太太靠墙坐，乔伊斯一手举着菜谱，透过厚镜片在细细研究；诺拉坐他身边，胃口很好，却又极为挑剔；从后面看乔吉奥身子单薄，像个纨绔子弟，头发贼亮；露西亚留着厚厚的鬈发，是个还未完全发育好的小姑娘。他们一家都讲意大利语。

站在那里，我寻思我们方才在桥上所感受的到底有几分纯粹是饥饿。我问我妻子，她说："我不知道，塔迪。饥饿的种类很多。春天的时候就更多了。不过春天都已经过去了。回忆，这也算是一种饥饿吧。"

我这是在犯傻，我隔着玻璃看去，只见有两份腓力牛排正在往餐桌上端，我就明白我简简单单的就是肚子饿了。

"你说过咱们今天很走运，这自然不错。不过咱们是得到非常好的指点和信息的。"

她哈哈大笑。

"我说的不是赛马。你真是个死心眼儿的小子。我指的是幸运的其他方面。"

"我觉得钦克对赛马并不特别喜欢嘛。"我这么一说就显得愈发傻气了。

"是不喜欢，除非是他自己骑在马背上。"

“你还想去赛马吗？”

“自然啦。而且现在咱们想什么时候去都可以去了。”

“你真的想去？”

“自然啦，你也想去的，不是吗？”

我们在米肖餐厅里入了席，这才觉得真的是在享用美食了；等我们吃完，照说是不会再有饥饿感的问题了，可是等我们乘上往家去的公交车，在桥上时像是饥饿的那种感觉仍然滞留不去。等我们走进房间，就算是上了床在黑暗中做了爱，那种感觉照样还在。我醒来，看到窗户都开着，月光照在一幢幢高楼的屋顶上，此时，这感觉还是存在。我把脸从月光下转向暗处，可是我睡不着，便清醒地躺着寻思这究竟是怎么一回事。我们两人在夜里都醒了两回，此刻我妻子睡得很香，尽管有月光照在她的脸上。我必须得想出个所以然来，但是我太笨了。那天早晨我醒来时生活似乎是很简单的事嘛：我发现了虚假的春天，听到赶羊人的风笛声，我出去买了一份赛马报。

可是巴黎是一个非常古老的城市，而我们却很年轻，这里没有简单的事情，甚至连贫困、意外发了笔小财、月光、是与非，还有在月光下躺在你身边那人的呼与吸，这一切都不简单哪。

一项副业的终结

那一年和往后的几年里，在我清晨工作以后，我们有好多次一起去赛马场，哈德莉喜欢看赛马，有时候简直是迷上了。不过，那毕竟跟在森林线以上高山草地上的那些次攀登不同，也并非夜归我们所栖居的休假小木屋，更不能与和至交钦克一起翻过山隘进入一个新的国家相提并论。而且那算不得是真正的赛马。那是用马来赌钱。只不过我们称之为赛马罢了。

赛马从未给我们夫妻之间带来隔阂，能做到这一点的只有人；只是有一段时间它像一个难以打发的朋友似的紧紧地纠缠住我们。这样看待它已经是够宽容的了。我这个人，对人及其破坏性一向看得很重，却对这个极其虚伪、极其华美、极能激动人心却蛇蝎般恶毒、紧紧纠缠住你的“朋友”多方容忍，主要还是因为它能让你获得利益。但是要能靠它得利所花的时间比做一份全职工作还要多，这么多时间我可承受不起。但我又自我开解说我写了赛马了，虽然到头来，我所写的这些故事全都丢失了，只除了一篇，那是因为它邮走了，没跟其他的那些放在一起。

现在我更多的是单独一人去赛马，简直是入了迷，而且越陷越深。逢到赛马季节，只要做得到，奥特伊和昂吉安两个马场我都去赌。要想巧妙地排除开一切障碍，你得搭上做一份全职工作的时间，可这样做你是挣不到钱的。想发大财只不过是纸上谈兵。你可以买一份赛马报来做黄金梦。

在奥特伊你得从看台最高处看一场障碍赛马，还得快步攀登才能看到每一匹马在怎么跑，看可能赢的那匹怎么会没赢，看它本该能做到的事怎么与究竟为何居然没能做到。每逢你下了注的那匹马快开始跑了，你就得注意赌注与赔率因为受牵扯而可能引起的种种变化，你还得去了解这匹马此时此刻状态如何，最终还必须得知道马房的工作班子何时让它试跑。它试跑多少次都可能被打败；可是到此时你该能知道它获胜的机会有多少了。这整套活儿简直要把人累死，可是在奥特伊每一天去观看马匹比赛都是件赏心乐事，你当场看到那么些好马在参加公平竞赛，你变得如同熟悉老家一样地熟悉这片场地。最后你还能结识那么多的人，骑师啦、驯马师啦、马匹的主人啦，还有多得数不胜数的马，也知道了太多各种各样的事情。

原则上，我只在看准了一匹马时才下赌注，但是有时候我发现有些马无人相信会赢，除了训练和骑驭它们的那些人之外，我在它们身上下了注，果然连连获胜。但最后我还是洗手不干了，因为耗不起这个时间，我越陷越深，对于在昂吉安与无障碍赛场上发生的事知道得未免有点多余了。

洗手不干后，我虽然高兴，但又不由得产生了一种空虚感。这时候我明白，不论是好事还是坏事，一旦停下，总会给人留下一种空虚感。不过倘然是坏事，它会自行弥合。如果是好事，你就只能寻找一件更好的事来取代它。我把赛马资金归并到总的积蓄里去，感到如释重负，好不轻松。

决定放弃赌马的那天，我过河到塞纳河对岸，去到当时设在意大利人林荫大道意大利路拐角的那家抵押信托公司，在旅行服务部的柜台前，我遇到了我的朋友迈克·沃德。我正在把赛马赌本存进去，不过我没有告诉任何人。我没将这笔钱存入支票户，尽管我脑子里很清楚自己有这么一笔钱。

“要一块儿去吃午饭吗？”我问迈克。

“那敢情好，小子。我奉陪就是。怎么的啦？你不去赛马吗？”

“不去了。”

我们来到卢瓦广场，在那儿的一家惠而不费的小酒馆吃饭，那里的一种白葡萄酒特别棒。广场正对面就是国家图书馆。

“你像是不怎么去赛马场了吧，迈克。”我说。

“可不。是有好久没去了。”

“干吗不去了呢？”

“说不上来，”迈克说，“得。我当然是知道的。但凡必须下赌注才能让人感到够刺激的事情，都是不值得一看的。”

“你是一次也不去了吗？”

“偶尔也会去看一场大赛。逢到有真正的好马参赛的时候。”

我们边把肉酱往餐馆自制的喷喷香的面包上抹，边喝白葡萄酒。

“你以前不是对赛马挺上心的吗，迈克？”

“噢，是的。”

“你觉得看什么更有意思？”

“自行车赛。”

“真的吗？”

“你不用下赌注。你会明白的。”

“跑赛马场太耗时间。”

“太费时间了。连一点点剩余时间都没有了。我也不喜欢那儿的人。”

“我一度也挺疯迷的。”

“可不。你是全须全尾撤出的吧？”

“撤得倒还算干净。”

“撤出可是件好事。”迈克说。

“我已经完全不干了。”

“不容易呀。听着，小子，得空咱俩一块儿去看看自行车比赛。”

那可是件新鲜的好事，我过去知道得不多。但我们并没有紧接着就开始。那得再过一段时间。我们巴黎生涯的第一阶段结束之后，它成了我们生活中的一项重要内容。

但是在很长的一段时间里，光是能回到我们在巴黎生活的那个圈子，远离赛马场，把命运寄托在自己的生活与工作上，寄托在自己认识的那些画家的身上，而不是指望靠赌博过日子，还用别的说法来加以美化，这就够好的了。我已经在开始写不少篇关于自行车比赛的短篇小说了，但没有一篇是能再现出室内、室外赛车场和公路自行车比赛的那份美的。不过我会写出午后烟雾弥漫的光线下的“冬日室内自行车场”，写出高高倾斜的木制跑道，赛车人骑车驶过时轮胎轧在硬木跑道上所发出的呼呼声，写出骑车人爬高与冲刺的努力与技巧，每一个人都成了自己器械的一个组成部分；我要写出中距离比赛的神奇魅力，写出那些摩托车的轰鸣声，领骑员们如何坐在车后的挎斗里，头戴厚厚的防护罩，身穿笨重的皮夹克，身躯后倚，为紧随在后面的赛车人挡掉些气流，骑车人则戴着较轻巧的防撞头盔，身躯低伛在车把上，双腿猛蹬巨大的链轮，稍小的前轮都快撞上替他们挡掉气流的摩托车挎斗了；还有那最最激动人心的决赛，摩托车噗噗噗地喷响，骑者胳膊肘相互蹭挤，车轮相互撞击，用玩命的速度忽而爬高忽而又下冲，忽前忽后，直到有人跟不上高节奏，掉了队，让那堵曾被排开的坚实气墙猛扑过来将他撞倒。

有多种多样的车赛。以分组赛或两两对抗赛形式进行的短程赛中，两位赛手先是各自在车上“并车”，僵持不走足足有好几秒钟，有意让对方先行，然后不慌不忙地跟在后面绕圈子，到最后一刻才以最快速度往前冲刺。还有一种两小时的团体赛，以一系列纯粹是拼速度的比赛花去整个下午的时间，也有独自一人骑一小时看能跑多远的项目，还有在蒙特鲁日的露天体育场，那五百米椭圆形倾斜木铺车道上赛一百公里的长程赛，由大型摩托车开道，极其危险却又壮观之至。李纳特，那位了不起的比利时冠军，人称“苏族佬”，因为他侧面特像苏族印第安人[①]，在最后冲刺时需要拼命加速，便弯下头从塞在比赛服里一只保温瓶中伸出的橡皮管里啜上一口樱桃白兰地，还有在奥特伊附近的王子公园那条六百六十米水泥跑道上比赛的跟着摩托车跑的全法锦标赛，那真是全世界最最阴险的一条跑道了，我们亲眼看见杰出的赛车手加耐栽下车来，听到他头盔内脑壳碎裂的声音，就跟你野餐时在一块石头上砸一只煮鸡蛋以便剥壳时完全一样。我绝对不能不写那历时六天之赛的神奇世界以及在山区举行的公路上的车赛。写车赛之事时，法语是唯一能准确运用的书面语言，这方面所有的术语全是法语的，这就使得写车赛的事变得非常困难。还是迈克说得对，下注赌钱根本没有必要。不过看赛车已是在巴黎生活另一个时间段里的事了。

① 美国北部和加拿大南部的印第安人，即达科他人。

饥饿是有益的磨炼

在巴黎，如果你没有吃饱，你是会感到格外饥饿的，因为所有的面包房都会在橱窗里陈列出那么些好吃的东西，人们又都在摆放在人行道的桌子旁进食，因此你既能看见又能闻到食物。此刻你已经不干记者又写不出什么在国内会有市场的作品，出门时又跟家人打过招呼说会和朋友在外面共进午餐的，那么你最好的去处便是卢森堡公园了，那里从天文台广场一直到沃日拉尔路，一路上你都不会见到与闻到一丝丝食物的影子。从那里你任何时候都可以拐进卢森堡博物馆，你肚子饿得前胸贴后背咕咕直响时，所有的画都会变得更加清晰、更加鲜明，也更加美丽。我就是在饥肠辘辘时学会更好地理解塞尚，真正弄清楚他是怎样描绘自然风景的。我时常猜想他是不是也是饿着肚子在作画的；不过我寻思他只不过是忘了吃饭罢了。那是你在缺觉或是挨饿时才会产生的一种病态却很发人深省的想法。后来我琢磨，说不定塞尚在别的一个方面有饥饿感吧。

从卢森堡博物馆出来之后，你可以沿着窄窄的费罗路走到圣叙尔皮斯广场，一路上仍然没有一家餐馆，有的只是那片安静的广场和周边的长凳、树木。广场上有一处狮像喷泉，还有些在便道上踱步、在一尊尊主教铜像上栖息的鸽子。再就是那座教堂与广场北边出售宗教用品与法衣的商店了。

离开广场，倘若不经过一些出卖水果、蔬菜、酒类的铺子或是面包点心铺，你是到达不了河边的。不过若是细心选择路径，你可以往右拐过灰白石块砌就的教堂，来到奥德翁路，再往右拐，朝西尔维娅·比奇的书店走去，奥德翁路上没有什么卖吃喝的去处，你要走到广场才会见到三家。

等来到奥德翁路 12 号时，你的饥饿已给压抑住，而你所有的其他感觉却重新变得灵敏了。悬挂着的照片看上去有新鲜感，你也发现了过去未曾注意到的书籍。

“你真是太瘦了，海明威，”西尔维娅会这样说，“这一阵没吃饱吧？”

“吃得挺好的。”

“中午吃的是什么？”

我的胃都快里外翻过个儿了，可是我会说：“我正打算回去吃午饭。”

“三点钟吃午饭？”

“我没注意都这么晚了。”

“前几天晚上阿德里安娜[①]说，她要请你和哈德莉吃晚饭。我们想把法尔格[②]也请来。你喜欢法尔格的，对吧？要不就请拉尔博。你喜欢他。我知道的。或是随便哪位你真正喜欢的人。

---

①② 阿德里安娜·莫尼耶是西尔维娅的法国女友，也开书店。莱昂-保尔·法尔格（Léon-Paul Fargue，1876—1947），法国象征主义诗人。

请你跟哈德莉说一声，行不？”

“我知道她一定喜欢来的。”

“我会给她发一封快信的。你这一阵吃得不好，就别干得太辛苦了。”

“我不会的。”

“赶紧回家吧，千万别误了午饭。”

“有人会给我留下的。”

“也别吃凉菜。好好吃一顿热汤热饭。”

“有给我的信吗？”

“大概不会有。不过让我看一看吧。”

她瞧了瞧，找到一张字条，高兴地抬起头来，接着打开书桌上一扇关闭的小橱门。

“是我外出时送来的。”她说。那是一封信，摸上去像是里面有钱。“是韦德尔科普①。”西尔维娅说。

“准是《横断面》②寄来的。你见到过韦德尔科普吗？”

“没有。不过他跟乔治③一起来过这儿。他会和你见面的。别担心。没准是想预付些稿酬给你。”

“这儿有六百法郎。他说还会再给一些的。”

---

① 赫尔曼·冯·韦德尔科普（Hermann von Wedderkop，1875—1956），德国作家，诗人。

② 德国法兰克福的一家文艺月刊。

③ 或指乔治·安太尔（George Antheil，1900—1958），美国作曲家。1922年赴欧洲进行钢琴独奏演出。在巴黎超现代派青年作家和艺术家的先锋派团体中声名显著。也可能指乔治·摩尔（George Moore，1852—1933），爱尔兰作家，当时颇负盛名，亦与西尔维娅·比奇熟稔。

“幸亏你方才提醒我看一看。亲爱的幸运先生。”

“真可笑，德国竟是唯一愿意要我稿子的地方。他那儿，还有就是《法兰克福日报》。”

“是吗？不过你不用再发愁了。你可以卖一些短篇给福特的嘛。”她开玩笑说。

“一页才三十法郎。就算每三个月都能在《大西洋两岸评论》上发上一篇。五页长的短篇一季度拿一百五十法郎。一年下来才六百法郎。”

“哎，海明威，你用不着为今天能拿多少稿费心烦呢。重要的是你有能耐写这些作品。”

“我懂。我能写这些作品。可是没人买呀。我不干记者以来就连一点点进账都没有了。”

“你的小说会有人要的，这不，你手里不是已经拿到一篇的稿费了吗？”

“真对不起，西尔维娅。请原谅我说这些事让你烦心。”

“原谅你个啥？不谈这个也总要谈别的事的。难道你不知道所有作家一张口说的便是他们的烦心事吗？不过你得答应我别再苦恼了，而且会吃得饱饱的。”

“我答应你。”

“那就赶紧回家吃午饭吧。”

出了门来到奥德翁路上，我为方才竟向别人诉苦而厌恶自己。事情这么干都是出于我自己的心意，是我自己干得太蠢。我本该买只大面包，干啃着吃下，而不应该跳过一顿饭的。我似乎都能尝到那焦黄发脆的面包皮好吃的味道了。可是不喝点什么，嘴里干巴巴的。你这光会抱怨的无用东西。你这卑鄙的假圣人、假殉道者，我骂我自己。你不干记者是自己愿意的吧。你讲信用，西尔维娅愿意借钱给你。她都借给你好几回了。对吧。再接下去你就该在别的方面向她求救了。饥饿对身体有益，饿着肚子能更好地欣赏画作。但吃饭也很美妙，你可知道此时此刻该上何处去用膳吗？

利普餐厅正是我该去吃喝的地方。

我步子轻快，不一会儿就来到利普餐厅，每当我经过一处有吃喝的地方，我的胃反应得跟我的眼睛鼻子同样的快，这就使我的脚步格外轻盈愉快。喝啤酒的便餐部人不多，我在靠墙的长椅上坐下，背后是一面大镜子，前面是一张桌子，侍者问我要不要啤酒，我说来一杯上好的，即是用大玻璃杯能盛一升的那种，再来一份土豆沙拉。

啤酒很冰，喝下去爽极了。炸土豆很有咬劲，泡的卤汁入味了，橄榄油也鲜美可口。我往土豆上撒了些黑胡椒末儿，把面包撕开往橄榄油里浸。猛喝了几大口啤酒之后我便不着急慢腾腾地吃了。土豆沙拉吃完后我又要了一份，另加一碟熏香肠。这种香肠很像切成两半的粗壮的法兰克福红肠，上面浇了别有风味的芥末酱。

我用面包把油脂和汁水全都刮得干干净净，慢慢地呷着啤酒，等到它开始变得不凉了便一口喝尽，再要了半升啤酒，看着酒一点点倒进大缸里。这回的似乎比那种“上好”的更凉，我一口就喝下去一半。

我从来都是不怎么烦忧的呀，我想。我知道那些短篇写得挺好，国内迟早会有人愿意刊登的。我辞掉记者工作时便确信它们会登出的。可是寄出去却一篇篇都退了回来。使我感到有信心的是爱德华·奥布赖恩[①]把《我的老头》收进了年度的《最佳短篇小说选》，还把那一集的题词献给了我。想到这里我笑出声来并且又喝了几口酒。这篇小说从未在任何一本杂志上登载过，他这样做是破题儿第一遭。我又笑出声来，使侍者瞟了我一眼。还有更可笑的事哪，因为尽管他对我厚爱有加，但是却把我的名字拼错了。那是我没有丢失的仅存两篇作品中的一篇。此前，哈德莉为了要给我一个惊喜，把我所写的稿子全都放进一只手提箱，要带到洛桑来好让我在山区休假时修改，不料那只箱子在里昂车站被人偷走了。她是把手写原稿、打字稿和复写纸全都塞进几只牛皮封口袋里的。我能拥有这个短篇的唯一的原因是林肯·斯蒂芬斯[②]曾把它寄给某位编辑，而此人又把稿子退还给我。当别的一切都被窃走时它还在邮寄的半路上。另一篇未被丢失的小说题目叫《在密歇根北部》，是斯泰因小姐来我们公寓前写的。我未将之打字是因为她说这一篇“挂不出来”。于是我就胡乱将它塞进一个抽屉里了。

---

① 爱德华·奥布赖恩（Edward O’Brien，1890—1941），美国文学家。从1914年至1940年，他每年都出版一部《最佳短篇小说选》，收已在刊物上发表过的作品，在文坛颇具影响。

② 林肯·斯蒂芬斯（Lincoln Steffens，1866—1936），美国著名记者与作家，以揭露当权人物黑暗面而名噪一时。

因此，在我们离开洛桑南下来到意大利后，我把写赛马的那篇拿去给奥布赖恩看，他是个温和、腼腆、脸色苍白的人，有一双淡蓝色的眼睛和直直的长发，还是自己修剪的，看着挺不顺眼，当时他寄宿在俯临拉帕洛的一家修道院里。那段日子我什么事都不遂心，我以为自己再也写不出什么来了，于是便把这篇小说当作个稀罕物件拿给他看，就仿佛在显示你曾很愚蠢地失而复得的一只船上用的罗盘针盒，或者像是在拎起一只你穿在皮靴里的脚，拿它开玩笑，一本正经地说那是飞机失事后生生给截下来的。等他读完了这篇小说，我看得出他远比我更加受到冲击。[①]我从未见过有人为一件事如此伤心过，除了为死亡或是无法忍受的苦难，仅有的例外是哈德莉告诉我东西丢失的那次。她哭了又哭，就是无法启齿。我告诉她不管出的事情有多么可怕也不至于比天塌下来更糟吧，即使比那还糟，也没啥了不起，不必哭成那样。咱们总会有办法补救的。这时，她终于告诉了我。我确信她绝不可能把复写纸也带上的，于是我花钱请了个人代理我的记者工作。当时我靠这份差事挣的钱不能算少，于是搭乘火车赶回巴黎。事情果真如她所说的那样，我记得那天晚上我冲进公寓发现果然不假后自己都干了些什么。如今事情已经过去了，钦克教导过我，逝者已矣，多说无益；因此我就告诉奥布赖恩没有必要这么难过的。丢失早期作品没准还是件好事，我还告诉他军队里是

---

① 《我的老头》写的是一位老骑师如何死于他最后一次赛马。

怎么向部下灌输士气的。我还会再开始写短篇小说的，我说，我这么说固然是想哄他别这么难过，但我知道我说的确实是真话。

我在利普餐厅接着回忆，在丢失了一切之后我是何时才能动手写第一个短篇的。那是在科蒂纳·丹佩佐[①]，当时我不得不中断滑雪，接受一项赴莱因兰和鲁尔区的采访工作，然后回到那里与哈德莉会合。那是个极简单的短篇，叫《禁捕季节》，我还把老人上吊自杀的真实的结局略去了。这是根据我的新理论删去的，这就是说，你可以删去任何部分，如果你知道你删了，那个部分更能加强故事的感染力，让读者觉出在他们理解之外还有别的东西。

是啊，我想，现在我写成这样了，这样一来人们读不懂了。这是毋庸置疑的。几乎可以肯定不会有人要登它们了。不过人们还是会理解它们的，正如人们总是会理解那些绘画一样。需要的只是时间，还有嘛就是信心。

在你有必要减少食量的时候就必须好好控制自己，这样就不至于有太多的饥饿感了。饥饿是有益的磨炼，你能从中学到不少东西。因此只要别人还没有悟到这个道理，你就走在他们前头了。噢，当然是的，我想，我现在已远远超过他们，因为钱囊羞涩想按饭点吃饭也难了。让他们赶上来一点儿也不是坏事。

---

① 意大利东北部阿尔卑斯山南麓一滑雪胜地。

我知道我必须写一部长篇小说。但这似乎是一件不可能做到的事，因为我连写出一些可能构成一部长篇的精髓段落都感到极其困难。眼下必须写一些较长的短篇，就像为一次长距离赛跑作准备一样。我以前倒是写过一部长篇——也因放在里昂车站的手提箱里被偷走了——当时我还拥有童年时期的抒情天赋，但那也与青春时期一样稍纵即逝，极不可靠。我明白它的佚失没准倒是一件好事，但是我也知道我必须要写一部长篇。我可以推迟它直到我欲罢不能的那一刻。不过倘然是因为到饭点两口子必须有点嚼食而非写不可，那我就算是完了。临到我非写不可的时候，那将是我唯一要做的事，此外再无别的选择。让这股压力越来越大，来得更猛烈些吧。与此同时，我将以我最为熟悉的题材写出一个较长的短篇。

此时我已经结完账走出餐馆，我往右拐横穿勒内路，这样就不用走到双叟咖啡馆去喝咖啡了，我沿着波拿巴路朝前走好抄最近的道回家。

我往昔最最熟悉却没有写过与丢失的是什么呢？我真正了解又最为关心的又是什么呢？其实完全没有我选择的余地。唯一能选择的是走哪条路才能尽快回到你工作的地方去。我顺着波拿巴路走到居内迈路，然后拐到阿萨斯路，最后从乡村圣母院路来到丁香园。

我在一个角落里坐下，午后的阳光越过我的肩膀在我的笔记本上乱涂。侍者给我送来一杯奶油咖啡，我等它稍凉喝下半杯，放在桌子一角便写了起来。等我停下笔，我仍然不想离开正在写到的那条河，在那里我能看到水潭里的鳟鱼，潭面上流波涌向圆木桩桥墩，鼓起，又化为平滑的水波。我写的是战后还乡的事，但里面并无一字直接提到战争。

不过到明天早晨，那条河还会在那里，我必须把它写出来，还有那片田野以及一切会发生的事。以后还有的是得工作的一天又一天。其他的事都不去理它。我兜里有从德国寄来的钱，生活不成问题。这笔钱用完还有别的会来的。

我此刻必须做到的一切就是保持身体健康与头脑清醒，让明天早晨到来时可以继续开始写作。

福特·马多克斯·福特与魔鬼的门徒

我们住乡村圣母院路113号锯木厂上方的那套公寓房时，丁香园是离家最近的咖啡馆，那是巴黎最好的咖啡馆之一。冬季时里面很温暖，到了春秋天，坐在门外最惬意不过了，一张张桌子摆放在人行道树荫下，就在内伊元帅的铜像座旁，路边宽大的布篷下散放着些方正坚实的桌子。那里的两位侍者跟我们挺合得来。“圆顶”“穹庐”咖啡馆的常客从不光顾丁香园。这儿没有他们的熟人，进来时也不会有人盯着他们看。在那些日子里，很有一些人爱去蒙帕纳斯和拉斯帕伊这两条林荫大道拐角处的咖啡馆露面，而那些咖啡馆在某种程度上也指望专栏作家的不断提及好连带使店家声名远扬。

丁香园曾是诗人不定期聚会之处，最后的一位诗人首领是保尔·福尔①，但我从未念过他的诗。我在那里见到的唯一的诗人就是布莱斯·桑德拉尔②，一张因打拳老挨揍变得歪歪扭扭的脸，一只空袖管用别针向上别起，用那只健全的好手卷香烟。

① 保尔·福尔（Paul Fort，1872—1960），法国诗人。魏尔伦曾称他为“诗人中的王子”。

② 布莱斯·桑德拉尔（Blaise Cendrars，1887—1961），瑞士籍法语诗人。

他没喝醉时是个挺不错的伙伴，喝高了便会胡说八道，但听着比许多人一本正经讲故事还要精彩许多。不过当时来丁香园的诗人就他一个，而我在那里拢共只见到过他一回。大多数的顾客都是上了年纪蓄着胡须穿着显得陈旧的衣服的人，来时都挽着自己的夫人或是情妇，有些人翻领上别着荣誉军团的红色细绶带，有些人什么都不别。我们一心以为他们都是科学家或是学者，但他们光要一杯开胃酒，坐的时间却跟别的一些光要一杯奶油咖啡的人一般长，那些人也带着夫人或情妇，穿的衣服更加破旧，佩戴着学院发的棕榈叶形紫色绶带，表示他们不是教授也是讲师，当然，这学院跟法兰西学院便毫不相干了。

有这些人在，这家咖啡馆便成了个惬意的地方，因为他们对彼此都感兴趣，关心所喝的酒、所喝的咖啡味道如何，有没有泡什么药酒，也喜欢翻翻夹在报夹里的报纸与期刊，谁也没有故作姿态。

另外的一些来丁香园的主顾就住在本街区，其中有几位在翻领上别着军功十字章绶带，另几位别着黄绿两色军队勋章，我观察到他们如何灵巧地克服了肢体残缺所带来的不便，见识了他们人造眼球的质量和重塑面容的精湛技艺。在他们大幅重塑的脸上总会泛现出一抹几近灿烂的光泽，宛若一条轧实的滑雪道，对于这些顾客，我们总是比对那些学者教授更为尊重，尽管后者可能也在军队中服务过，可是毕竟不曾失去肢体。

在那些日子里，对于没有参加过战争的任何人，我们一概不加信任，我们也并不完全相信每一个参加过的人，对于桑德拉尔大家都极为反感，因为他对自己失去一只胳膊也未免过于炫耀了。他是午后很早就来丁香园的，我倒为此觉得高兴，因为那些常客此时尚未到场。

那天傍晚，我正坐在丁香园门外的一张桌子旁边，打量着树木与建筑上光线的变化以及外面两条林荫路上缓缓流动的巨大车马群。我身后咖啡馆的门给推开了，有人从右边朝我桌子走来。

“噢，你在这儿哪。”他说。

这是福特·马多克斯·福特，他当时就是这么称呼自己的[①]，他透过一部给烟草熏黄的浓密髭须大口喘气，身子挺得笔直，活像只会走动、穿着讲究、上下倒置的大啤酒桶。

“可以坐在你这儿吗？”他问，说着就坐了下来，那双像是褪色的淡蓝眼睛在没有血色的眼睑和淡淡的眉毛下朝林荫大道望去。

“我一生的大部分时间都用在力图提倡以人道的方式宰杀这些畜生上了。”

“你跟我说过了。”我说。

“我想我没有。”

“我非常肯定。”

---

① 福特·马多克斯·福特（Ford Madox Ford，1873—1939），英国著名作家与编辑家。原名为福特·马多克斯·赫弗。康拉德、庞德、弗罗斯特、D.H. 劳伦斯等作家都曾受到他的提携。其代表作有小说《好兵》（1915）等。他主编过《大西洋两岸评论》等刊物。

“奇了怪了。我这辈子从没跟任何人说过。”

“你来杯酒吗？”

侍者就站在近旁，于是福特吩咐要一杯黑加仑酒。这侍者瘦高个子，头顶已谢，却把边上几绺抹了重油的头发逆向支援中央，所蓄的厚重上髭还是旧时龙骑兵的款式，他把福特要的酒名复述了一遍。

“不了。还是来一杯兑水的优质白兰地吧。”福特说。

“给先生来一杯兑水优质白兰地。”侍者复述道。

我一向是只要能做到便尽量不正眼看福特，若是在同一个关上门窗的房间里和他挨得近便会屏住呼吸，不过此刻是在露天，人行道上的落叶是从桌子我坐的这边往他那边吹的，我心存愧疚，便朝他正视了片刻，然后才对着林荫道望去。但是光线又起了变化，我错过了没能细看。我呷了一口酒，看看他的到来可曾使酒变味，但味道倒还行。

“你闷闷不乐吧。”他说。

“没有啊。”

“瞎说，你肯定是的。你得多出来走走。我顺便上这儿来，是想邀请你参加我们举办的一个小小的晚会，地点就在拉摩瓦纳红衣主教街一家挺有趣的‘风笛舞厅’，离壕沟外护墙广场很近。”

“你最近这回来巴黎之前，我就在那儿的楼上住过两年。”

“真是怪事。你肯定是这样？”

“当然，”我说，“肯定是的。舞厅的老板有一辆出租汽车，每逢我要赶飞机，他就开车送我上机场，出发前我们总在舞厅的白铁皮吧台边待上片刻，摸黑干上一杯白葡萄酒。”[①]

“我从来都不爱坐飞机，”福特说，“你跟太太就准备星期六晚上来‘风笛舞厅’吧。会玩得很高兴的。我给你画张简图，让你能找到地方。我也是碰巧发现这地方的。”

“不就是拉摩瓦纳红衣主教街 74 号的底层吗，”我说，“我那会儿住在三楼。”

“没有门牌号码，”福特说，“不过若是你能找到壕沟外护墙广场，便会找到那儿了。”

我又灌了一大口酒。侍者端来了福特要的酒，福特说他弄错了。“我要的不是白兰地和苏打水，”他善意地纠正，但是口气很严峻，“我方才要的是一份黑加仑和苦艾酒。”

“不要紧的，让，”我说，“这白兰地我要了。给先生去拿他此番所要的酒吧。”

“是我方才就要的酒。”福特纠正道。

此时，有个披了件斗篷的很瘦弱的男子在人行道上走过去，他的同伴是个高大的女子，这人朝我们的桌子瞥了一眼，将视线移开，继续沿着林荫大道往前走去。

“你瞧见我故意不理他了吗？”福特说，“你瞧见我不理他了吗？”

① 看来海明威因为对方自以为是到了随意否定对方本人的事的地步，便也开始说话半真半假，甚至是信口开河了。

"没有。你不理的是谁呀？"

"贝洛克[1]，"福特说，"我让他碰了个钉子！"

"我可没瞧见，"我说，"你干吗这么待他？"

"有世界上每一条充分的理由，"福特说，"瞧我怎么给了他一个冷眼！"

他一下子变得彻头彻尾、完完全全地兴高采烈。我从未见到过贝洛克，也不相信他方才看到了我们。他看来像是个在想什么心事的人，仅仅是无意间朝我们的桌子扫了一眼而已。福特对他这么无礼使我心里极不舒服，作为一个刚开始接受文学教育的年轻人，对于老一辈作家的他，我是心怀敬意的。今天人们对此会感到不好理解，但在当时这却是一种寻常心态。

我寻思，若是贝洛克方才在我们桌前停下，让我有机会认识他，那倒是件愉快的事。因为遇到福特，这个下午全给糟蹋了，我本想贝洛克没准会使局面改观的。

"你喝白兰地干什么？"福特质问我，"难道你不知道年轻作家一喝上白兰地就算是前程全毁了吗？"

"我并不是经常喝的。"我说。我努力去回忆埃兹拉·庞德跟我说过关于福特的话，说我千万别不尊重他，必须记住他只是在极其疲倦的时候才不说实话的，他确实是个优秀作家，刚刚经历过一场非常烦心的家庭纠纷。我竭尽全力去追忆这些吩

① 希莱尔·贝洛克（Hilaire Belloc，1870—1953），英国20世纪早期著名作家，多产。著有《英国史》等大部头作品，从历史、传记到诗歌、散文、批评，几乎无所不能。在文学史上占有一定地位。

咐，但是面对福特本人就近在咫尺，一副气喘吁吁、咄咄逼人、让人恶心的架势，实在是难以做到。但我还是尽力去做了。

“告诉我，一个人为什么要故意冷眼对别人呢？”我问他。直到此时为止，我都以为这样的事只会发生在韦达[①]的小说里。韦达的小说我是连一本都看不下去的，即使是在瑞士滑雪胜地，当潮湿的南风刮起，该处可读的书一本都没有，除了一些没人要的战前留下的陶赫尼茨版的平装书[②]。但我凭第六感觉认定，她写的小说里，人们都是你不理我，我不睬你的。

“一个绅士，”福特解释说，“对一个无赖，就永远会不理不睬。”我赶紧喝下一口白兰地。

“他会不理睬一个粗鲁的人吗？”我问。

“绅士根本就不可能认识一个粗鲁的人。”

“那么你只能不理睬跟你身份相当的熟人了？”我追问道。

“那是自然。”

“一个绅士怎么会与一个无赖有交情的呢？”

“可能是不清楚底细，或是这家伙后来才变成无赖的。”

“什么样的人才算是无赖？”我问，“是不是非得把他揍扁的那种人？”

“倒不一定。”福特说。

---

① 韦达（Ouida，1839—1908），一译奥伊达或奥维达，英国19世纪浪漫派通俗女小说家。代表作为《在双旗下》（1867）等。其所著童书《佛兰德斯的狗》（1872）至今畅销不衰。

② 德国印刷出版商陶赫尼茨父子在莱比锡建立印刷厂，曾用简装本出版大批英美文学作品，因价廉极为畅销。

“埃兹拉算是绅士吗？”我问。

“当然不是，”福特说，“他是个美国人。”

“美国人就当不成绅士了吗？”

“没准约翰·奎因[①]能，”福特解释道，“还有你们大使中的某几个。”

“你是说麦伦·T. 赫里克[②]？”

“差不多吧。”

“亨利·詹姆斯是绅士吗？”

“非常接近了。”

“你是绅士吗？”

“那是自然。我是领到过英王陛下的委任状[③]的。”

“还真复杂，”我说，“我能算是绅士吗？”

“绝对不行。”福特说。

“那你为什么还跟我一起喝酒？”

“我跟你喝酒是因为你是个有前途的青年作家。实际上是把你视为一个同行。”

“多蒙关照。”我说。

“在意大利，你没准也能算得上是个绅士。”福特宽宏大度地说。

---

① 约翰·奎因（John Quinn，1839—1903），美国政治家。

② 麦伦·T. 赫里克（Myron T.Herrick，1854—1929），美国官员，1912年起任驻法大使。

③ 指“一战”中受英国政府委任为威尔士团队的军官，在法国服过役。

“那我不能算是无赖了？”

“当然不是了，亲爱的小家伙。谁这么说过了？”

“我很有可能是的，”我怏怏地说，“喝白兰地，还有各种各样的毛病。特罗洛普[①]笔下的哈里·霍特斯珀勋爵就是这样走向堕落的。告诉我，特罗洛普能算是绅士吗？”

“当然不是。”

“你真的是这个意思？”

“可能会有不同看法。但在我，只有一种。”

“菲尔丁[②]呢？他可当个法官。”

“从技术上说，也许算是吧。”

“马洛[③]呢？”

“当然不是。”

“约翰·多恩[④]如何？”

“他当过牧师。”

“真有意思。”我说。

“很高兴你能感兴趣，”福特说，“走之前我再陪你喝一杯兑水白兰地吧。”

福特离开后天已黑了，我走到报亭去买了一份《巴黎运动汇总》，这是午后赛马报的最后特刊，登有奥特伊马场的比赛结果和昂吉安马场次日的赛程。让的班已由爱弥尔接过了，这爱

---

①②③④ 均为英国古典文学著名作家。但福特在这里只重视他们的官职与圣职。多恩的圣职更是由国王钦定的。

弥儿凑到桌子跟前来看奥特伊比赛的最后结果。我的一个不常来丁香园的好友恰好来到桌前，便一块儿坐下，就在此时，正当朋友吩咐爱弥尔给他去端饮料的时候，那个披斗篷的瘦削男士又带着那又高又大的女子在我们面前的人行道上走过去了。他的眼光朝桌子扫了一下又转了开去。

“那可是希拉斯·贝洛克，”我告诉我的朋友，“福特今天下午就在这儿，给了他一个不理不睬。”

“别冒傻气了，”我的朋友说，“那可是阿莱斯特·克劳利，是位魔法师。[①] 人称世上顶级恶棍。”

“对不起了。”我说。

---

① 此处与本节标题相呼应。歌德写有一叙事诗，名《魔法师的门徒》，后被法国作家曲保尔·杜卡（1865—1935）于1897年改编为同名交响诗，颇享盛名。叙事诗是写魔术师不在时，门徒本事未学全，只会召唤小精灵来帮自己挑水，却不会叫它们停下，结果把家中弄得一塌糊涂。在文中，好为人师的福特刚好相反，在把错误的本事传授给青年作家。不过福特也为美英文学作出过贡献，海明威自己就受到过提携。

一个新学派的诞生

一个蓝黑色封面的笔记本、两支铅笔、一个卷笔刀（随身带把的小折刀就有点多余了），周遭一些大理石面的桌子、清晨的气息、扫地和拖地，还有运气，这就是你所需要的一切了。为了祈求好运，你在右边衣兜里放上一颗七叶树坚果和兔子的一条小腿[①]。腿上的毛早就给蹭净，骨头与肌腱也磨得铿光瓦亮的。爪子钩住了你口袋布里子的线，于是你便知道运气仍然与你同在。

有些天，工作进行得那么顺利，你可以把整片乡野都表现出来，使你能走进去，穿过高大的树木来到林中空地，登上高坡，眺望湖湾后面的一脉小山。铅笔芯没准会折断在卷笔刀圆锥形尖口上，你得用削铅笔的小刀片将断头挑出来，用锋利的刀刃细心地将笔芯削尖，这以后你又可以将胳膊伸进背包为汗水盐渍的皮带，重新把背包背起，再将另外那只胳膊穿过去，感觉出落在背上的分量，你便开始向湖边走去，觉出你的鹿皮底鞋所踩着的松针。[②]

---

① 西俗认为这两样东西能给人带来好运。

② 此处海明威表示自己写得非常投入，已进入自己作品里的境界。

此时你听到有人在说话，“嗨，海姆。你想干什么？怎么在咖啡馆里写作？”

你的好运就此与你告别，你把笔记本合上。这就是你能遇上的最最倒霉的事了。如果你能压住脾气，也许还会稍好一些，可是当时我正在火头上，于是便脱口而出：“你这狗娘养的，你不好好地待在自己狗窝里干做惯了的肮脏营生，窜到这儿来捣什么乱？”

“别以为自己想装作怪人就能随便糟践人。”

“闭上你那张大兵臭嘴，从这儿滚开去。”

“此处是公众咖啡馆，我跟你一样有权上这儿来。”

“你干吗不上你该去的‘小茅房’咖啡馆？”

“哦，我的天哪。别这么招人讨厌好不好。”

此时我本可以站起来就走，心想这不过是一次意外相遇，这不速之客只是碰巧来到原无骚扰之意。别处还有可以工作的好咖啡馆，但都得走挺远的路，再说这是离我家最近的咖啡馆。从丁香园给赶出去太吃亏了。我不是得挺住便是得走人。也许走开更为明智，可是怒气忽地涌了上来，于是我说，“听着。像你这样的狗杂种有的是可去之处。干吗非要来这儿熏臭一家正正经经的咖啡馆？”

“我只不过是进来喝一杯罢了，这还有错？”

“在家里喝，有人伺候，喝完还可以把玻璃杯摔得粉碎嘛。”

“家在哪儿呢？听起来倒像是个怪可爱的地方。”

他就坐在邻桌，是个又高又胖、戴着眼镜的年轻人。他要了一杯啤酒，我想我不再理他，看看能不能继续写下去。于是我便由他去，自己写下了两个句子。

“我也就是跟你说了两句话嘛。”

我没有停笔，又写了一个句子。真写顺手了，进入了境界，也就不容易停下来了。

“想必你自以为很了不起，谁想跟你说句话都不行了。”

我又写了一个句子，以使整个段落告一结束，然后把这一段从头读了一遍。看来还行，于是我写了下一段的第一句。

“你从来都不考虑别的任何人，没想到他们也会遇到麻烦。”

我一辈子都在不断地听别人诉苦抱怨。我发现我居然能继续写下去，这声音并不比别的吵声更烦人，肯定比埃兹拉学吹巴松管要好受一些。

“比方说，你想当一个作家，整个身心都充满了这样的想法，可就是写不出来，那该怎么办？”

我继续写，现在，除了具备别的条件，我也开始交好运，正在势头上了。

“比方说，文思忽然来了，波涛汹涌，但紧接着忽然又离开了你，变得没了动静。你说该怎么办？”

总比空洞无物却噪声大作强吧，我想，又继续往下写。此刻他是在大喊大叫了，那些噪声，就像锯木厂里锯一块厚木板遇到障碍时所发出的令人齿冷的尖声，倒颇能给人慰藉的。

“我们去了回希腊。”过了一会儿我又听到他说了这么一句。有段时间，我已经把他的声音权当噪声了。我这时写得已有些超前，大可搁笔留待明天了。

“你是说你写到了它，还是说去过那儿了？”

“别那么粗俗，”他说，“你不想听我说接下来的情况吗？”

“不了。”我说。我合上笔记本，塞进口袋。

“你不关心结果如何吗？”

“不关心。”

“你难道不关心有关生死和一个同胞的苦难吗？”

“关于你的，不想。”

“你也太无人性了。”

“不错。”

“我还满以为你会帮我一把的呢，海姆。”

“我倒很乐于给你开上一枪。”

“你会吗？”

“不会。有条法律规定不许这样做。”

“为你干任何事我都愿意。”

“你真的愿意？”

“我当然愿意。”

“那就离开这家咖啡馆，从这儿滚开。就打这件事做起。”

我站起身，侍者跑过来，我付了账。

“我能跟你一块儿走到锯木厂吗，海姆？”

“不行。”

“好，那就以后再见吧。”

“别在这儿。”

“完全没有问题，”他说，“我答应你。”

“你正在写什么？”我一不小心，问了一句。

“我尽自己最大努力在写，就跟你一样。可是实在太难了。”

“如果写不出，那就别写，干吗非得这样抱怨？回美国去。找份工作。上吊也行。只是别再谈写作了。你永远也写不成的。”

“你干吗这么说？”

“你就没听到过自己是怎么说话的吗？”

“我此刻说的是写作的事。”

“那就闭嘴吧。”

“你就是冷酷，”他说，“大伙儿一直说你冷酷无情，没有心肝，而且自命不凡。我总是替你辩护。可是以后再也不会了。”

“很好。”

“大家都同样是人，你怎能这么冷酷呢？”

“我不知道，”我说，“得，你要是搞不成创作，何不学学写批评呢？”

“你认为我应该这么做？”

“应该是不错的，”我告诉他，“这样你就一直有东西可写了。你就不用为脑子空空而发愁了，也不会在文坛寂然无声、默默无闻了。有人会读也会重视你的文章的。”

“你看我能当个好批评家吗？”

“多么好我不敢说。不过你能当成的。总有一些人愿意帮衬你，你也能帮衬你的铁哥们儿了。”

“你说‘我的铁哥们儿’，指的是谁？”

“常跟你一块儿混的那些人。”

“哦，他们。他们有自己的批评家。”

“你不必只批评书籍，”我说，“还有绘画、戏剧、芭蕾、电影——”

“给你这么一说，倒真挺吸引人的哪，海姆。太谢谢你了。真让人激动。这也是创造性劳动嘛。”

“说创造也许过了头。毕竟上帝创造世界只用了六天，到第七天便休息了。”

“当然，没有任何因素能阻止我也参加创造性写作。”

“是没有。除非你为自己的批评文字立下一个高不可攀的标准。”

“标准绝对低不了。你就等着瞧吧。”

“我相信会是这样的。”

他已经俨然是一位批评家了，因此我问他要不要来一杯酒，他接受了。

“海姆，”他说，我知道他此刻已经是批评家了，因为批评家一开口，总将你的名字放在句首而不是句尾，“我不得不告诉你，我发现你的作品稍稍有点秃。”

“太糟糕了。”我说。

“海姆啊它太干枯，太单薄了。”

“太倒霉了。”

“海姆啊，太秃，太干枯，太单薄，太肌腱外露了。”

我内疚地抚摸着衣兜里的兔子小腿，“我会努力把它改得丰满一些的。”

“听着，我并不想让它变得过于臃肿。”

“哈尔，”我也开始学起了批评家的腔调，“只要做得到，我会尽量避免这样的。”

“很高兴我们能够所见略同。”他很有英雄气概地说。

“你会记住我工作时不上这儿来吧？”

“这是自然，海姆。当然啦，从此刻起，我会有一家自己的咖啡馆的。”

“你太好了。”

“我争取吧。”他说。

如果这年轻人果真成为了一位著名的批评家，那这事就是非常有趣和极富启示性了，可惜结果并非如此，尽管有段时间我曾怀过很高的期望。

我并不以为他第二天还会再来，但是我不想冒险，因此决定给丁香园放一天假。所以第二天一大早我就忙上了，先把奶嘴和奶瓶在沸水里消了毒，按定量配好奶粉，灌入奶瓶，递给邦比[①]先生，然后便在餐桌上写了起来，趁醒着的只有小猫F.噗斯跟我两个。他们俩都很安静，是好伙伴，我工作效率比任何时候都要高。在那样的日子里你其实并不需要任何东西，包括那只兔子小腿，但是倘能在口袋里摸到它，那当然也好。

---

① 海明威与哈德莉于1923年所生男孩。

与帕斯金[1]在圆顶咖啡馆

那是个美好的黄昏，我辛勤工作一整天之后，从锯木厂楼上的居所下来，穿过堆有木料的院子，带上院门，穿过街道，走进充满了从烤炉冒出的优质面包香味的店堂，这家面包房店面对着蒙帕纳斯林荫道，我穿过店堂，来到马路上。面包店已亮起灯光，外面却是一天已将告尽的景象，我在初起的暮色中沿着大街往前走，在“图卢兹黑人餐厅”平台外面停了下来，在那里，餐厅架上的圆木环里已穿入供顾客用的红白方格布餐巾，等着我们去用餐。我读了紫色油墨印就的菜单，见到当天推荐的特色菜是什锦菜炖肉。光看到这菜名就让我觉得饥肠辘辘了。

餐厅老板拉维涅先生问我工作进行得怎么样了，我答道还挺顺利的。他说他见到过我一清早就在丁香园平台上写作，因为我那么专心所以没跟我说话。

“当时你那架势就跟孤身一人独处在热带莽林中似的。”

---

① 朱勒·帕斯金（Jules Pascin，1885—1930），画家，生于保加利亚，后入美国籍。长期在巴黎生活。在本人第一次重要个展前夕，突然自缢身亡。

“我写作时活像一头瞎了眼的猪。”

“不是在莽林里吗，先生？”

“是在灌木丛中。”

我继续沿着街往前走去，欣赏着一个个橱窗，这春夜与迎面而来的人群使我心情舒畅。我看到三大咖啡馆里有些我面熟的人，也有些我知道能谈得来的人。但那儿总还有些我不认识的外表更出众的人，他们在这华灯初上之际总是匆匆聚到某处去喝上几杯，一起用餐，然后就是拥在一起做爱了。上三家大咖啡馆去泡的人兴许会这样做，也可能仅仅是坐着喝喝咖啡，聊聊天，喜欢在人多的地方露露面。有些我心仪但并未说过话的人也去大咖啡馆，因为可以淹没在人群里，没有人会注意他们，他们可以独处，也可以与三两知己共处。大咖啡馆当时收费并不高，供应的啤酒质量上乘，开胃酒收费合理，明码标价，在跟酒一起端上来的杯垫上就能见到。

这天傍晚，我脑子里思量的是这些有益于健康却了无新意的念头，感觉到自己真能算是洁身自好了，因为我活儿进行得挺凑手，辛辛苦苦地干了整整一天，而这一天我原本是想用来去郊外观看赛马的。可是当时我凑不出这笔钱，倘能拿它作赌本是稳能多少赚到几个的。当时还未开始采用化验唾液等方法来检测是否人为施加了兴奋剂，因此让马匹服药的做法屡见不鲜。不过，作为一个得供养娇妻幼儿的年轻人，又需投入全部精力在写作上使自己这方面有所进展，将心血耗费在赌马上是绝对不可取的。你必须权衡服用过兴奋剂的马匹的有利或不利之处，得在赛场上搜寻马匹服用的痕迹，得靠自己几近幻觉的超感觉来决定采取何种对策，然后把绝对输不起的那点钱孤注一掷，这样做是绝对要不得的。

用任何标准衡量，我们仍然只能算是非常贫穷，我仍然得要弄这一类的小花招省下几个钱，如对家里说有人请我在外面吃午饭，然后便去卢森堡公园散步，打发掉两个小时，然后回家给妻子描述一番都吃到了什么什么好东西。在你正当二十五岁，天生一副重量级拳击手的身坯，少吃一顿饭会感觉非常之饥饿的。不过也能使你所有的感官变得分外敏锐，我发现我当时笔下的许多人物都有着超乎寻常强烈的食欲，对食物有上好的品鉴力与需求，而且大多数还特别期盼能干上一杯。

在图卢兹黑人餐厅我们喝上好的卡奥尔干红葡萄酒，要上四分之一、一半或是一整个长颈大肚瓶，通常兑上三分之一的水。在锯木厂楼上的家里，我们珍藏有一瓶科西嘉葡萄酒，品牌响当当，价钱却不贵。是地道的科西嘉酒，就算你兑上一半水还是能品出真品的韵味。在当时的巴黎，你几乎不用花几个钱便能过上蛮不错的日子，偶尔饿上几顿饭，时髦衣服一件都不买，你还能攒钱买点奢侈品呢。

此刻我一扭头离开菁英咖啡馆往回走，因为我瞥见里面有哈罗德·斯特恩斯[①]的身影，我知道他必定想跟我大谈马经，而

① 哈罗德·斯特恩斯（Harold Stearns，1891—1943），美国作家，当时也侨居巴黎。著有《美国和青年知识分子》（1921）等作品。

我恰好刚刚改变了思路，决心把这些马儿合乎身份、心情轻松地视之为得与之划清界限的动物。在黄昏中我怀着洁身自好的心情离开了蚁聚在穹庐咖啡馆的囚徒，一边在心里嘲笑他们的恶习与麇集的本能，越过林荫大道来到圆顶咖啡馆。这里倒也是人头攒动，但有些人是干完正经活儿才来的。

这儿有干完了活儿的模特儿，也有画到光线太暗无法看清的画家，也有好歹写出了一天规定字数的作家，有酒鬼，也有些特立独行的怪人，其中有些我认识，有些不过是些装装样子的空头写家而已。

我走过去，在帕斯金和两位姐妹模特儿占着的桌子边上坐下。我方才站在戴兰布雷路人行道上时，也曾犹豫过要不要停下来喝杯酒。帕斯金是位非常出色的画家，此时已有些醉了，但那是故意寻醉，头脑还是清醒的。两位模特儿都年轻漂亮。一位肤色深度黝黑，身材娇小，体型很美，却有意想装出一副弱不禁风的放浪神情。另一位简直还是个小姑娘，有点呆滞，但是极其漂亮，是豆蔻年华转瞬即逝的那种少女的娇艳。她不像姐姐那样身材丰满，但是那年春天任谁都不会是营养过剩的。

“姐妹俩一好一坏，”帕斯金说，“我这儿有钱。你想喝什么？”

“半升黄啤。”我对侍者说。

“来杯威士忌吧。钱我有。”

“我想喝啤酒。”

“你真的想喝啤酒，不如去利普咖啡馆呢。我寻思你方才是在写东西吧。”

“是的。”

“写得还顺利？”

“但愿如此吧。”

“那敢情好。我很高兴。各个方面仍然都挺滋润的？”

“是的。”

“你多大啦？”

“二十五了。”

“想不想跟她玩儿上一回？”他朝黑皮肤的姐姐瞥去，坏笑着，“她没个够。”

“你今儿个准是跟她玩儿够了吧。”

她绽开双唇对着我微笑。“他下流得很，”她说，“不过人品倒还可以。”

“你可以带着她去我的画室。”

“别跟猪似的吃个没够。”皮肤白皙的妹妹说。

“谁跟你说话了？”帕斯金问她。

“没有人。可我就是说了。”

“咱们放松一些不好吗，”帕斯金说，“一位一本正经的年轻作家和一位善良聪明的老画家，还有两位风华正茂的美丽年轻姑娘。”

我们坐在那里，姑娘们啜吸着她们的饮料，帕斯金又喝下去一杯兑水白兰地，我喝我的啤酒；但是除了帕斯金，谁也没觉得放松。皮肤黑的姑娘安静不下来，她侧过身子显示她的身段，让光线洒在她凹凸有致的面庞上，使她紧身衣包裹下的乳房显得分外丰满。她的头发铰得短短的，又黑又亮，像个东方女子。

“你摆姿势都摆了一整天了，”帕斯金对她说，“还非得在咖啡馆里给那种紧身衣做广告吗？”

“我高兴。”她说。

“你看上去像是只爪哇洋娃娃。”他说。

“眼睛不像，”她说，“表情比那复杂多了。”

“你看上去像是只可怜的变态玩偶。”

“也许吧，”她说，“可我是活生生的。这就比你强。”

“那就走着瞧吧。”

“那好，”她说，“我就爱看证据。”

“你今天没看到证据吗？”

“哦，那个呀，”她边说边把脸再转过去一些，让黄昏最后的余晖映在那上面。“你光就对自己的作品兴奋激动。他爱的是他的画布，”她对我说，“那上面总有些脏兮兮的意思。”

“你要我画你，付钱给你，玩儿你，好让我头脑保持清醒，而且还要爱上你，”帕斯金说，“你这可怜的小洋娃娃。”

“你喜欢我吧，对吗，先生？”她问我。

“非常喜欢。”

“但你块头太大了。”她怏怏地说。

“上了床任谁尺码都是一样的。”

“这话不对，”她的妹妹说，“这样的话我都听腻了。”

“嗳，”帕斯金说，“要是你认为我爱上了油画布，那我明天用水彩画你好了。”

“咱们什么时候吃饭？”那位妹妹问，“上哪儿去吃？”

“你跟我们一块儿吃吗？”那位黑皮肤的问道。

“不了。我回去跟我 lé gitime[①] 一起吃。”这是当时通行的说法。如今他们都说“我 ré gulière”[②] 了。

“你非去不可吗？”

“非去不可而且是愿意去。”

“那就去吧，”帕斯金说，“可别跟打字纸陷入情网啊。”

“要是那样，我会改用铅笔的。”

“明儿画水彩，”他说，“好吧，我的孩子们，我再喝上一杯，然后就去你们想去的地方吃饭。”

“我要去维金餐厅。”黑皮肤的姑娘说。

“我也是。”那妹妹也怂恿道。

“那好吧，”帕斯金同意了，“晚安，年轻人。祝你能睡个好觉。”

“祝你也能这样。”

“她们老不让我睡觉，”他说，“我从来都不能好好睡上一觉。”

“今天晚上好好睡。”

“在维金餐厅饱餐一顿之后吗？”他把帽子往后脑勺一推，

---

①② 原文为法语，分别为“合法配偶”与“固定女伴”之意。

不以为然地嘻嘻一笑。他这模样更像是十九世纪九十年代百老汇的一个滑稽戏演员，而不像平素以及自缢身死时那样的一位讨人喜欢的画家，我回忆他时，总喜欢想到那个傍晚在圆顶咖啡馆时他的形象。大家都说，人一生的所作所为，其种子早就植根在自己的心中，可是我始终认为，对于那些玩世不恭的人来说，他们的种子上却覆盖着更加优质的土壤和更富营养的肥料。

埃兹拉·庞德[1]与他的BEL ESPRIT[2]

埃兹拉·庞德一直是个讲交情、乐于助人的人。他与妻子多萝西住在乡村圣母院路的工作室里，那儿的简陋寒酸，与葛特鲁德·斯泰因工作室的富裕讲究，正可形成鲜明的对比。但那里光线极好，生了只火炉取暖，还藏有不少日本艺术家的画，画家都是埃兹拉认识的。他们在自己国家里都是贵胄，头发留得长长的。那头乌黑发亮的长发在深鞠躬时便朝前披了下来，给我留下极深的印象，可我并不喜欢他们的绘画。我看不懂它们，其实其中也并无什么深奥的含意，等我弄明白之后，又觉

① 埃兹拉·庞德（Ezra Pound，1885—1973），美国诗人、批评家、活动家。曾在瓦巴什大学任教，后赴欧，在伦敦结识一批诗人，他于1914年编了《意象派诗选》，为“意象派”确立了位置。接着又帮助詹姆斯·乔伊斯出版了《尤利西斯》。以后又结识了托·斯·艾略特，帮助他修改与出版了《荒原》等作品。1928年起在意大利定居，认为墨索里尼的政策能疗救时弊，“二战”后多次发表广播演说，攻击盟军。1944年被美军俘虏，被控叛国罪。后被定为神经失常住院。1958年因众多美国文艺家呼吁，叛国罪的控告得以撤销。1973年病逝于意大利。其主要作品为长诗《诗章》（1917—1959）。他曾根据别人初译修订改写，出版了中国古诗选《中国》（1915）。他亦曾扶掖过不少作家，如弗罗斯特、劳伦斯、叶芝等。

② 法语：“才智之士”“才子”之意。

得根本就是毫无意义。我感到十分遗憾，却又爱莫能助。

多萝西的画我非常喜欢，我觉得多萝西人长得漂亮，身材也好。我也极其欣赏戈蒂埃–布尔泽斯卡①所塑的埃兹拉头像，也喜欢埃兹拉拿给我看的亲自为这位雕塑家所写的书里刊登的所有作品的照片。埃兹拉也很喜欢皮卡比阿②的画，可我觉得那毫无价值。我也不喜欢温德姆·刘易斯③的那幅画，埃兹拉却非常喜欢。他喜欢他那些朋友的作品，对朋友忠诚自然是一种美德，但是以此作为准则来评判艺术水平就未免太危险了。我们从不为这些事情争执，因为对于自己不喜欢的事我总是闭口不言的。如果一个人喜欢他朋友的绘画或是作品，我想那就跟他爱自己的家人一样，你去批评他们是不礼貌的。有时候，即使你决心要批评家人，自己的家人或是配偶的家人，你也得忍上相当长的一段时间呢。对付蹩脚的画家就容易得多了，因为他们不会像家里人那样能做出可怕的事和构成私人关系上的伤害。即使你能做到不看家里人，不听他们说话，不回信，家里人还是有许多办法能对你造成损害的。与我相比，埃兹拉对人更为和善，也更具基督教精神。他自己的作品，在路子对头的时候，是那么的完美，犯错误时也是那么的真诚，对自己的谬误是那么的执着，对人又是那么的和善，以至于我一直都认为他是位

---

① 亨利·戈蒂埃–布尔泽斯卡（Gaudier-Brzeska，1891—1915），法国最早的抽象派雕塑家。

② 弗朗西斯·皮卡比阿（Francis Picabia，1897—1953），法国画家、作家。

③ 温德姆·刘易斯（Wyndham Lewis，1882—1957），英国作家、画家。曾与庞德一起创办《旋涡画派》杂志。

圣徒般的人物。而且他也是性情暴躁，没准许多圣徒都是这样的吧。

埃兹拉要我教他拳击，也就是有天下午我们在他的工作室轻轻练着打的时候我初次见到了温德姆·刘易斯。埃兹拉刚学拳击没多久，让他在任何一位熟人面前练拳都会感到挺尴尬的，我便试着让他尽可能显得像样一些。可是并不容易做到，因为如何防守他是懂得的，我仍然在设法教他用左手出击，这就必须永远先把左脚往前伸，接着再让右脚跟上，与之平行。这仅仅是基本步法。我一直没能教会他打左勾拳，要教他把右臂缩得更往回一些也只得留待以后再说了。

温德姆·刘易斯戴了一顶宽边黑帽，俨然是本地区的一位名士，那身打扮简直像是从《波希米亚人》[1]舞台上走下来的一个角色。他那张脸让我想起一只青蛙，不是牛蛙而仅仅是一般的随便哪只青蛙，对他来说，巴黎这口池塘也未免太大些了吧。当时，我们认为，作家、艺术家有什么衣服尽可以随便穿，对艺术家穿衣并无官方的统一要求；可是刘易斯穿的却是战前艺术家通常穿的制服。看到他总让人觉得不自在，而逢到我躲开了埃兹拉的左手出击或是用只松松散开的右拳套挡开了它们时，他总以不敢恭维的目光斜睇我的动作。

我想停下不练了，可是温德姆坚持要我们打下去，于是我

---

① 意大利作曲家普契尼所作著名歌剧，又名《艺术家的生涯》。1896年初次演出。

明白，尽管他对我们在干的事完全不懂，却希望看到埃兹拉被我打得很惨。但是什么事都没有发生。我一次也没有反击，仅仅是让埃兹拉朝我进攻，伸直左臂围着我转，偶尔抡出几下右拳，这时我说咱们就练到这儿吧，便用一罐水冲了冲身子，用毛巾擦干，穿上我的圆领汗衫。

我们喝了点东西，我听埃兹拉跟刘易斯谈到在伦敦和巴黎的一些人的事儿。我细细观察着刘易斯，却不显出是在盯着他，就跟你打拳中瞄看对手时那样，我认为自己从来都未曾见到过一个模样更让人感到恶心的人了。有些人显示自己如何凶狠，就如同赛马场上的一匹良马在显示自己的高贵血统。就像长了硬下疳[①]却还扬扬自得。刘易斯不是在显示凶狠；他就是让人恶心。

在往家走的途中，我竭力寻思他让我联想起了什么，能联想起的东西可不少。全都是医药方面的，除了“抠脚丫泥”，那是个土语。我试图将他的脸区分成一个个部分，加以描述，可是办不到，除了那双眼睛。我初次见到它们时是在那顶黑帽子的下面，那是一双强奸未遂者的眼睛。

“今天我遇到一个平生从未见过的那么让人恶心的人。”我告诉我的妻子。

“塔迪，别跟我说他的事，”她说，“请千万别说他。咱们马上要开饭了。”

大约一星期后，我碰到斯泰因小姐，告诉她我见到了温德

---

① 梅毒初期，生殖器、舌、唇等形成的溃疡，病灶底部硬而不痛。

姆·刘易斯，我问她是否遇见过此人。

“我管这人叫‘尺蠖’，”她说，“他从伦敦来，见到一幅好画便会从兜里掏出一支铅笔，于是你就会见到他如何用大拇指捏着铅笔测量那张画。一边细细察看，一边测过来测过去，研究那画究竟是怎么画成的。等他回到伦敦便依样画葫芦，可是结果总是不行。他根本描摹不出原作的精神气质。”

于是，他在我心中也就成为一条“尺蠖”。这绰号比我自己能为他起的要宽厚得多，富于基督教精神得多。后来，我也曾尽量试着去喜欢他，去跟他做朋友，就像对埃兹拉几乎所有的朋友那样，在他向我说清了他们为人的特点之后，我都是这样做的。不过上面所说乃是我在埃兹拉工作室初次见到他时所留下的印象。

埃兹拉是我所认识的最最慷慨的作家，也是最最不从一己私利出发的一位。他帮助他信任的诗人、画家、雕塑家和小说散文作家，他也会帮助陷入困难的任何人，不管自己信任或是不信任此人。他为每一个人操心，在我最初认识他的时候他最最操心的就是托·斯·艾略特了，埃兹拉告诉我，艾略特不得不在伦敦的一家银行里工作，只能尽量挤出时间在不适宜的钟点里充当诗人。

埃兹拉和纳塔莉·巴尼小姐[①]一起创办了一个叫“才智之

---

① 纳塔莉·巴尼（Natalie Barney，1876—1972），美国女作家，当时巴黎著名文艺沙龙“星期五沙龙”的女主人。

士”的组织，后面这位是个富裕的美国女子，也是艺术事业的赞助者。巴尼小姐曾是比我大一辈的雷米·德·古尔蒙[①]的朋友，定期在宅子里举办沙龙，自家花园里盖有一座小型的希腊神殿。当时很有一些钱花不完的美国、法国女士会在家里开设沙龙，我很早就认识到，这些场所当然极好，但对我来说还是躲远一些为妙，不过我相信，在自家花园里能盖得起一座小希腊神殿的也只有巴尼小姐一人了。

埃兹拉给我看了介绍“才智之士”简况的小册子，巴尼小姐还允许他把希腊小神庙的图片印在小册子上。“才智之士”的打算是：每个人不论收入多少，都捐献出一部分来，集成一笔钱，好让艾略特先生摆脱银行琐务，可以有生活费专心写诗。这个主意在我看来似乎不错，等我们把艾略特先生从银行里解脱出来后，埃兹拉认为便可以乘势往下进行，逐一把每个人的事情都安顿妥当。

我总是把艾略特称作艾略特少校，存心想把艾略特与经济学家梅杰·道格拉斯[②]混为一谈，对这位经济学家的主张埃兹拉

---

① 雷米·德·古尔蒙（Remy de Gourmont，1858—1915），法国作家。他的批评文章对法国象征派影响很大。

② “Major”既可作为人名，又是军衔“少校”之意，故容易使人混淆。梅杰·道格拉斯是当时小有名气的一位经济学家。诗人托·斯·艾略特（1888—1965），原籍美国，后去英国，1917 年至 1920 年在伦敦一家银行当职员。1922 年创办《标准》季刊。其重要作品《荒原》（1922）是西方现代派诗歌的里程碑。1948 年又因《四个四重奏》获诺贝尔文学奖。埃兹拉·庞德从一开始就很重视艾略特，给过他不少帮助。

是非常服膺的。事情被我搞得有点乱。不过埃兹拉明白我的心术并无不正之处，我是满溢“才智之士”精神的，虽然埃兹拉会感到烦恼，因为当我向朋友们乞求资助，好把梅杰·艾略特从银行里解救出来时，总会有人提出异议，说少校当得好好的何必还上银行去混饭呢，即使军方把他给“开”了，那不是总还能拿到养老金，至不济还会乞得几个退伍费吧？

遇到这样的情况，我会向我的朋友们解释实际上蛮不是这么一回事。要就是你有“才智”，要就是你压根儿没有。如果你有“才智”，就会捐钱好把梅杰从银行里救出来。如果没有，那就太糟糕了。哥儿几个懂不懂希腊小神殿的重要意义？不懂吗？果然不出本人所料。你没治了，麦克。把钱收好了。白给我们也不会要的。

作为“才智之士”的一个成员，我不知疲倦地为组织四处奔走，那些日子里，我最甜美的梦想就是见到少校成为自由人，跨着大步从银行里走出来。我记不清“才智之士”是何时终于自行消亡的，但似乎与《荒原》的出版有关，此诗使少校获得了《日晷》杂志的诗歌奖，稍后不久，又有一位有贵族头衔的夫人资助艾略特创办一份叫《标准》的刊物，于是埃兹拉和我便再也无须为他操心了。我相信那座希腊小神殿仍然是屹立在花园里的吧。我们未能单凭“才智之士”的力量把少校从银行里解救出来，这对我来说始终是个遗憾，因为我在梦中，总似乎看到他已住进那座希腊小神殿，没准我还可以跟着埃兹拉路过时拐进去与他聊天，为他戴上桂冠的呢。我知道何处有上好的月桂树，我可以骑上我那辆自行车去摘取的，我认为但凡他感到寂寞，或是埃兹拉又读毕另一部像《荒原》那样的重要作品的原稿或校样时，我们都可以去为他戴上桂冠的。像许多别的事情一样，这件事在道义层面上让我弄得很糟，因为我原先单列用于把少校从银行解救出来的那笔款子，却被我取出带到昂吉安赛马场，去押在灌了兴奋剂参加越障比赛的那些马匹身上了。在两次比赛中，我支持的那些服了药的马跑赢了那些未服或是服的剂量不够的马，只有一次，我们的宠儿服药过量，以致起跑前它就甩下骑师冲了出去，跑完整整一圈，独自优美地跳过障碍，就跟你在梦中才能做到的那样。等到被抓住，骑师重又登上马背，它再次开始比赛，并且“尊严地跑完了全程”，如法国赛马术语里所说的那样，可是却一个子儿也没帮我们捞到。

倘若这笔赌注悉数归入已不复存在的“才智之士”集团，我当然会感到快活一些。但我又这么安慰自己：如果赌本翻了好几番，那我能捐出的钱岂不会比原本打算捐的多得多吗？

一个格外诡异的结局

我与葛特鲁德·斯泰因最后分手的方式是颇为诡异的。我们曾是非常要好的朋友，我帮她干过不少实事，例如让福特同意在刊物上开始连载她那本大部头作品，帮她将手稿打成打字稿，替她看校样，我们逐渐成为比较要好的朋友，超过了我原本预料的程度。男人跟名女人交朋友不会有太好的前景，虽然开头那一段，在友谊变得更深或是逐渐恶化之前，也许会相当愉快，但与真正雄心勃勃的女作家为友，一般来说前途总是更为幽暗。有段时间，我借口不清楚斯泰因小姐是否在家，经过花园路 27 号时没有进去，她说话了："可是海明威，这地方你是有权自由进出的呀。难道你不知道吗？我说话是当真的。任何时候都尽管来好了，女仆，"她说了那女仆的名字可是我记不得了——"会照料你的，你随便歇着等我回来好了。"

我可没有滥用这个自由，但有时也会顺道进去看看，那女佣会给我斟上一杯酒，我便看看墙上的画，如果斯泰因小姐仍然没有露面，我便会向女仆道声谢，留下口信离去。有一天斯泰因小姐让我上午到她家去与她告别，因为她打算与一个伴侣开她自己的车去南方。她让我们夫妇去做客，哈德莉和我当时是住在一家旅馆里，我们已有计划想去别的地方。自然，这样的事我们不会跟她说的，不过你总能表示你是极想去的可是实在抽不出空。我已稍稍学到一些表示婉拒的办法。在外面混不这样做也真的不行。很久以后，毕加索告诉我，逢到阔人邀请他去做客他总是答应要去的，因为这样做人家才会高兴，但是总会遇到些什么事，结果呢，他便走不成了。不过此事与斯泰因小姐全然无关，毕加索指的是别的一些人。

那是个明媚的春日，我从天文台广场穿进小小的卢森堡公园。七叶树正繁花盛开，众多的孩子在鹅卵石铺的小径上玩耍，那些保姆则坐在一边的长凳上，我看到树上有几只斑鸠，也听到别的鸟的啼鸣却见不到那些身影。

不等我按响门铃女仆就把门打开了，她让我进去稍待片刻，因为斯泰因小姐随时都会下楼的。时间还不到中午，但是女仆却给我倒了一杯白兰地，递到我手里还快活地挤了挤眼。这无色的烈酒在我舌尖上留下极佳的感觉，酒还未及咽下我就听到斯泰因小姐对另一个人说话的声音，那口气是我未曾听到人用过的，从来未曾，不管在任何地方、任何时间。

此时我听到斯泰因小姐恳求与央告的声音，她说，“别呀，小猫咪。别呀，请别这么做呀。让我干什么都行，小猫咪，但是请别这样做。求求你了。我求求你了呀，小猫咪嗳。”

我一口吞下酒，把杯子放在桌子上，朝门口走去。女仆朝我摇摇手指，悄声说：“别走。她马上就要下来了。”

“我必须走了。”我说，希望快快走开免得再听到那些声音，想不听的唯一办法就是走开。听到几句已经够了，再听到回答就更加无法忍受了。

在院子里，我对女仆说："请你转告，我进院子见到了你。我等不及了，因为有位朋友病了。代我祝她 bon voyage[1]。我会给她来信的。"

"C'est entendu[2]，先生。真可惜您没法等了。"

"是啊，"我说，"太可惜了。"

我就是以如此方式了结掉一件事的，做得够拙劣的，虽然我仍然为她办一些小事，该露面时也去一下，带领她提出要见的人上她家去，逢到新阶段来临会有新朋友造访时，我便等着和绝大多数男性朋友一起被打发走。见到收进的一些毫无价值的新画作与那些优秀作品挂在一起，不免让人伤心，但这已经无关紧要了，至少是与我再也不相干了。她与几乎所有喜欢过她的人全吵翻了，胡安·格里斯[3]是唯一的例外，她无法做到，因为胡安已经死了。我不能肯定他会在乎这样的事，因为他已经超越了这个阶段，从他的绘画里便可以看出来。

最后，就连跟新结识的朋友她也要争吵了，不过我们当中已经无人再关心这样的事了。她模样越来越变得俨然是古罗马的哪位皇帝，倘若你甘心让你的女人像古罗马皇帝，那当然也很好。但是毕加索给她画过像，我还记得她像极了来自弗留利

---

① 法语：一路顺风。

② 法语：照您的吩咐。

③ 胡安·格里斯（Juan Gris，1887—1927），西班牙画家、雕塑家。

地区某位大娘的那个模样。

到最后，我们大家，当然不是每一个人，都和她恢复了往来，免得显得关系太僵或是自以为清高。我也这样做了。但是我再也无法与别人成为真正的朋友了，不论是在心里还是在脑子里。到了你无法再在脑子里与别人成为至交时，那是最糟糕不过的了。不过，世上的事要比这事复杂得多。

一个面有死亡征兆的人

我在埃兹拉工作室里遇到诗人欧内斯特·沃尔什[①]的那个下午，他身边带着两位穿貂皮长大衣的姑娘，门外街上停着一辆从克拉里奇饭店租来的汽车，长长的车身锃亮，里面的司机制服笔挺。姑娘全都金发碧眼，是和沃尔什同船渡海过来的。轮船前一天刚到，他就带着她们来拜访埃兹拉了。

欧内斯特·沃尔什肤色黧黑，表情诚挚，一副诗人风度，无懈可击的爱尔兰人气质，却明显地面带死灰色，就跟电影里那种注定要死的角色一样。他在跟埃兹拉谈话，于是我便和姑娘们聊，她们问我可曾念过沃尔什先生的诗。我说未曾看过，于是一位姑娘取出一本绿封皮的哈里特·门罗[②]主编的《诗刊》，把上面刊载的沃尔什的几首诗显示给我看。

"他每一篇都能拿到一千二百元呢。"她说。

"是每一首。"另外的那位说。

---

① 欧内斯特·沃尔什（Ernest Walsh，1895—1926），美国文人，曾在自己编的小刊物上发表过海明威的短篇小说，后死于肺痨。

② 哈里特·门罗（Harriet Monroe，1860—1936），美国诗人，文学评论家、编辑。作为《诗刊》创办者及编辑，支持过庞德、艾略特、威廉斯、桑德堡等大量诗人。

我印象中我拿到的稿酬是每一页十二元，好像也是从这同一份刊物。“他一定是位很伟大的诗人了。”我说。

“比埃德加·格斯特[①]拿到的还要多呢。”第一个姑娘告诉我。

“比另外那一个拿得还多。那人叫什么来着？”

“吉卜林[②]。”她的朋友说。

“比任何人拿到过的都要多。”第一个姑娘说。

“你们要在巴黎待很久吗？”我问她们。

“嗯，不会的。不会很久的。我们是和一群朋友一起来的。”

“我们是乘同一条船来的，你知道吧。可是船上根本没有什么重要人物。当然，沃尔什先生是在船上的。”

“他莫非不玩牌[③]吗？”我问。

她用失望却又是深谙此道的眼光看了看我。

“不。他不用打牌。既然能写那么值钱的诗，自然就用不着了。”

“你们准备坐哪条船回去？”

“这个嘛，还得看情况了。看坐船的有谁，以及别的许多事情。你也想回去吗？”

---

① 埃德加·格斯特（Edgar Guest，1881—1959），美国通俗诗人，为高雅人士所不齿。

② 路雅德·吉卜林（Rudyard Kipling，1865—1936），英国著名诗人、小说家。1907年获诺贝尔文学奖。20世纪20年代时已被新派作家视为过气人物。

③ 海明威看出沃尔什靠在船上与富人打牌赢钱度日，两位女子显然是给他当过“托儿”。

“不。我在这儿混得还行。”

“这一带有点像贫民区嘛，是不是这样？”

“是有点。不过也还过得去。我反正上咖啡馆去写东西，想玩呢便去赛马场。”

“你就穿这样的衣服去赛马场？”

“不。这是我上咖啡馆时的服饰。”

“挺时髦的，”姑娘中的一个说，“我还真想瞅瞅咖啡馆里的风光呢。你不想去吗，亲爱的？”

“想去呀。”另外的那位说。我把她们的姓名留在我的通讯簿上，答应上克拉里奇旅馆拜访她们。她们都是挺不错的女孩子，我跟她们道了别，也跟沃尔什、埃兹拉道了别。沃尔什还在跟埃兹拉起劲地说个没完。

“可别忘了哟。”身材稍高的姑娘说道。

“怎么能呢？”我对她说，再次和她们握了握手。后来我又从埃兹拉那里听说，有几位贵妇人，仰慕诗歌特别是仰慕肯定活不长久的年轻诗人，出钱帮沃尔什从克拉里奇旅馆的债务中解脱出来，还有就是，此事过后不久，他又从别的来源获得经济支持，马上就要作为主编之一，在本地区创办一份新的杂志了。

当时，《日晷》，一份由斯科菲尔德·塞耶[1]主编的美国文学杂志，颁发一种年度奖金，款项我记得是一千美元吧，颁给在

① 斯科菲尔德·塞耶（Scofield Thayer，1889—1982），美国诗人，出版家。

该刊发表过作品的一位作者，以奖励其在文学上的成就。在那些日子里，这笔钱对于任何一个正经写作的人来说都是一笔大款子了，何况还能博得荣誉，这项奖金颁发给了各式各样的文人，自然都是实至名归的。当时，在欧洲，有五美元一天，两个人日子就能过得很滋润，再说还可以省下些钱用于旅游呢。

我还听说，沃尔什将担任主编之一的这份季刊，准备在出齐四期之后举行评奖，要把相当可观的一笔奖金授予年度内被评为最佳作品的作者。

这件事纯属口口相传没一点影儿，抑或是大家一厢情愿的幻想，那就不好说了。咱们姑且希望和像永远都会相信的那样，在方方面面此事都是光明正大的。至少与沃尔什合作的那另一位主编是全然无可指摘的吧。

就在我听说有关此项奖金的传说之后不久，沃尔什有一天邀请我上圣米歇尔林荫大道一家最讲究也是最最昂贵的餐厅共进午餐，在用过牡蛎——那可是价格不菲的紫铜色的马朗扁牡蛎，与我平时吃的那种深壳的廉价葡萄牙牡蛎完全不是一回事——并且喝干了一瓶布利-弗斯牌白葡萄酒之后，他开始小心翼翼地把话题引向他要说的事。他像是在哄骗我，就像哄骗船上的那两个托儿一样——当然，倘若她们真的是他雇用的托儿而他又果真是骗了她们的话——他问我要不要再来一打“扁牡蛎”，他是这么称呼这道美食的，我说那自然再好不过。这回他懒得在我面前装出一副半死不活的模样了，我也大大地松了一口气。他明白我知道他患有肺结核病，这倒不是骗人的花招，在当时来说的确是要命的绝症，所以也不装模作样地咳个不停了。我因为他没有在共餐时这样做而心存感激。我不清楚他吃扁牡蛎是否与堪萨斯城的妓女出于同样的动机，她们也是离死期不远再无别的出路了，总渴望着能吞咽到精液，认为那是治痨病的特效药；不过我并没有问他。我开始吃我的那份第二打扁牡蛎，把它们从铺满碎冰块的银盘里拣出来，往上面挤捏柠檬汁，观察它们那柔嫩得让人难以置信的棕色蚌唇在扭动蜷缩，我将蚌肉从连住壳的筋腱上揪下，举到嘴边，细细咀嚼。

“埃兹拉真是位了不起的伟大诗人。”沃尔什说，用他那双深沉的诗人眼睛谛视着我。

“是啊，”我说，“而且是个好人。”

“高尚，”沃尔什说，“真正的高尚。”我们静静地吃着喝着，算是在对埃兹拉的高尚品德表示敬意，我思念起埃兹拉来，很希望他也能在场。他也同样是吃不起马朗扁牡蛎的。

“乔伊斯伟大，”沃尔什说，“伟大。伟大。”

“伟大，”我说，“而且是位好朋友。”在他完成了《尤利西斯》与开始写他长时期里称作“进行中的作品”[1]的那个鼎盛阶段里，我们已经结下友谊。我想到乔伊斯，也回忆起了许多事情。

---

① 指《为芬尼根守灵》，1927 年起在《过渡》上连载，1939 年出版。《尤利西斯》则是在 1922 年由西尔维娅·比奇开设的“莎士比亚公司”出版的。

“我希望他的眼睛能够好转一些。”沃尔什说。

“他也希望能这样。”我说。

“这是我们这个时代的悲剧啊。”沃尔什告诉我。

“每一个人都是有自己的病痛的。”我说，竭力想使这次午餐气氛能变得轻松些。

“你可没有。”他对我显示出自己全部的魅力，接下去他就提到自己死亡的事了。

“你是说我没有显露出死亡的征兆？”我问。我不由自主地这样说。

“没有。你满溢着生命的气息。”他给“生命”那两个字加上了重音。

“时间未到罢了。”我说。

他点了一客优质牛排，要半生的，我点了两份里脊牛排，加上比亚拿司调味汁。我寻思黄油总会对他的身体有点好处吧。

“来瓶红酒如何？”他问。那个 sommelier[①] 过来了，我要了一瓶“教皇新堡”酒。我待会儿可以沿着码头散步消掉醉意的。他可以倒到床上睡上一觉或是干想做的随便什么事的。我反正总能找到地方睡的，我想。

一直等到我们吃完牛排和炸土豆条，喝掉大半瓶本不该午餐时喝的“教皇新堡”，要说的话才提了出来。

---

① 法语：斟酒侍者。

"也无须拐弯抹角了，"他说，"你知道你要得奖了，对吧？"

"我吗？"我说，"为什么？"

"你要得奖了。"他说。他开始谈我的作品，我便不再往下听了。遇到有人当着我的面谈论我的作品，我总是觉得很不自在，我盯看他和他那副死亡就在眼前的面容，心里想，你这骗子，竟拿你的肺痨来哄骗我。我见到过整整一营人倒在尘土里，其中三分之一注定会死或者是生不如死，那更加悲惨，他们身上没有特别的标志，所有人都将归于尘土，你和你那标志死亡的面容，你这个骗子，用自己的死来混吃混喝。现在你又想来哄骗我了。你不可骗人，这样汝就不会受人之骗。死亡并未在哄骗他。死亡确实正在来临。[①]

"我认为我没有资格得奖，欧内斯特，"我说，很得意能用我素来讨厌的自己的名字来称呼他，"何况，这样做也不道德，欧内斯特。"

"真是怪了，咱们俩居然同名，是不是？"

"一点儿不错，欧内斯特，"我说，"这名字咱们俩务必都须对得起才是。你懂我的意思，对吧，欧内斯特[②]？"

"是的，欧内斯特。"他说。他向我显示出一副全然是忧郁的爱尔兰式的理解与富于魅力的表情。

---

① 此段结尾处海明威沿用了《圣经·旧约》的语气。"汝就不会受人之骗"中的"汝"，原文用的不是"you"，而是"thou"。

② 原文"Ernest"与"earnest"发音相似，前者用作人名，后者为"诚恳""认真"之意。

因此，我后来一直以非常友好的态度对待他和他的刊物，在他因大口吐血不得不离开巴黎时，曾央求我帮他看校样，因为印刷厂的人是不懂英语的，我照办了。我亲眼见到过他的一次吐血，那是必然会出现的，于是我知道他必死无疑了，我当时正遭逢一生中最为艰难的一个关口，所以能对他格外好一些使我感到欣慰，正如能用欧内斯特这个名字来称呼他一样。另外，我也喜欢和钦佩与他合作的那位编辑。她并未许诺过要给我颁发什么奖项。她仅仅是想编好一份杂志并且付给撰稿人较为丰厚的稿酬。

有一天，那是相当长一段时间之后的事了，我遇到了乔伊斯，他独自一人看了一场日戏，正沿着圣日耳曼林荫大道往前走，虽然他看不清演员，却喜欢听他们念台词的声音。他邀我一起去喝一杯，于是我们便去了双叟咖啡馆，要了干雪利酒，虽然所有的回忆文章里都说他只喝瑞士白葡萄酒。

“沃尔什情况怎么样？”乔伊斯说。

“一个人活成这样跟死去也没什么区别了。”我说。

“他答应过你要授予你那笔奖金了吗？”乔伊斯问。

“是啊。”

“果然不出我之所料。”乔伊斯说。

“他也答应过要给你啦？”

“是的。”乔伊斯说。过了一会儿他说：“你觉得他会不会对庞德也许诺过？”

“我不知道。”

“最好别去问他。”乔伊斯说。我们就再也不提此事了。我告诉乔伊斯我最初遇见他是在埃兹拉的工作室里，他还带着两位身穿毛皮长大衣的姑娘，乔伊斯听得都乐了。

埃文·希普曼[1]在丁香园咖啡馆

自从我发现了西尔维娅·比奇的借书部后，我便通读了屠格涅夫所有的作品、果戈理被译成英文出版的作品和康斯坦斯·加内特英译的托尔斯泰的以及契诃夫的作品。当我们还在多伦多未曾来到巴黎时，人们便对我说凯瑟琳·曼斯菲尔德[2]是位优秀的短篇小说作家，甚至算得上是一位伟大的短篇小说作家，但是在读了契诃夫之后再读她的，那就仿佛是在听一位年纪不大的老小姐在讲自己精心编造的故事了，与之相比，另外的那位则是一位洞察人生又善于表达的资深医生在写高水平的朴素明快的故事。曼斯菲尔德像是一杯淡啤酒。还不如清水好喝呢。契诃夫可不是水，说他清澈倒是一点不错的。他的某些短篇虽像新闻报道，但其中亦不乏精彩之作。

---

① 埃文·希普曼（Evan Shipman，1904—1957），美国诗人、记者。1924年到巴黎，与海明威相识，后曾在基韦斯特给海明威的小儿子约翰辅导英文。海明威曾称他为“会成为大诗人的棒小伙”，并把《没有女人的男人》一书题赠给他。二十世纪四五十年代，成为美国最著名的赛马报道记者。

② 凯瑟琳·曼斯菲尔德（Katherine Mansfield，1888—1923），新西兰短篇小说家，曾在英国享有盛名。

陀思妥耶夫斯基的作品里有可信的东西，也有些让人难以置信，可是有些是如此之真实，你读的时候连你自己都起了变化；人性的脆弱与疯狂、邪恶与圣洁以及赌博的不可理喻，都罗列于书页间任你去了解，一如风景与道路之于屠格涅夫的作品里，军队的调动、战斗的地形、军官士兵的形象还有战斗之于托尔斯泰的作品中。托尔斯泰使斯蒂芬·克兰[①]写内战的那部作品有如一个富于想象力的患病少年的幻想，他从未亲历战争，只见到过我在祖父母家里曾读到的战史纪实以及布雷迪[②]所拍摄的照片。我在读司汤达[③]的《巴马修道院》之前从未读到过写战争的作品，除了在托尔斯泰的小说里，司汤达的那本书写得相当沉闷，只有描述滑铁卢战役的那个片段才算得上是例外的精彩。在巴黎这样一个城市里，不管怎么穷你都能想办法活得不错还能写作，何况现在又发现了文学上的一个新世界，这就如同你被赐予了一个大宝库。你还能在旅行时把宝库带在身边，带到瑞士和意大利的山区，一直去到在奥地利福拉尔贝格的高山峡谷里我们所发现的施伦斯[④]，我们都是一直带得有书的，这样，我们生活在所发现的新世界里，在白天，你看雪景、森林、

---

① 斯蒂芬·克兰（Stephen Crane，1871—1900），美国小说家，其所作《红色英勇勋章》（1895）写美国南北战争，但其并未参加过战争。

② 马修·布雷迪（Mathew Brady，1822—1896），美国早期摄影师，因拍有林肯像与美国内战实况照片多帧享有盛名。

③ 司汤达（Stendhal，1783—1842），法国作家，《红与黑》（1831）与《巴马修道院》（1839）的作者。

④ 奥地利一城镇，为国际闻名的避暑胜地。

冰川，遇到的是冬季的问题，可以躲在“白鸽旅社”高处不胜寒的庇护所里，到了晚上，你就可以生活在俄罗斯作家提供给你的另一个奇妙世界里了。起初是俄罗斯的，然后是其他许多国家的。但是在很长的一段时间里都是俄罗斯的。

我记得有一回跟埃兹拉在阿拉戈林荫大道的球场上打完网球一起走回家，他邀我上他的工作室去喝上一杯，当时，我问过他，对于陀思妥耶夫斯基，他是怎么看的。

“老实跟你说，海姆，”埃兹拉说，“我还从来没读过俄国佬写的东西呢。”

这句话回答得够直率的，虽然埃兹拉跟我说话从来都不拐弯抹角，但我还是觉得很不是滋味，因为在我面前的这个人是我当时最喜欢的，对他在文学批评上的看法我是最最相信的，他就是主张应该用 mot juste 的一个人——就是说必须用最最确切的字词——他教会了我千万别相信形容词，我也因此学会了在某种情况下不去相信某种人；可我就是要听听他对于一位作家的看法，对于一位几乎从不 mot juste（精确用词）却能时不时使他的人物栩栩如生的作家的看法，这种本事是几乎没有另一个人能够做到的。

“集中精力读法国作品吧，”埃兹拉说，“那就足够你好好学的了。”

“这我知道，”我说，“我各个方面都有好些东西要学的。”

稍后，我从埃兹拉的工作室出来，沿着街朝锯木厂走去，往两边由高层楼房夹道的空旷街口望去，只见一些掉光叶子的树木，它们遮掩着远处布科埃舞厅的门面，那已经是在宽阔的圣米歇尔林荫大道的对面了，我推开锯木厂大门，走进院子，经过新锯成的木料堆，把我的网球拍装进夹子放在楼梯后面，楼梯一直能通到顶楼尖角的那一层，我朝楼梯上端喊了一声，但家里没人。

“太太出去了，bonne（保姆）和宝宝也出去了。”锯木厂老板娘告诉我。她是个难缠的婆娘，一身肥肉，一头黄铜色头发，我谢过了她。

“有个年轻人来找过你，”她说，用的是“jeune homme”而不是照说应该用的“monsieur”(先生)，“他说他在丁香园那边等你。”

“真是多谢你了，”我说，“太太回来的话，请告诉她我去丁香园了。”

“她是和几个朋友一起出去的。”老板娘说，一边提起紫色睡袍，趿着高跟拖鞋，走进她自己领地的门口，却没有随手关好门。

我顺着街往前走，两旁都是高层公寓，墙虽刷白过却沾有点点画画的污痕，我走了一段，然后在街口照得到阳光的开阔处往右拐，来到薄暮中有斑驳阳光的丁香园。

里面并没有我熟识的人，因此我走到外面路边平台处，发现埃文·希普曼在这儿等我。他是个很不错的诗人，对赛马、写作与绘画都很有兴趣。他站起身，我见到他身材高高的，脸色苍白，两颊瘦削，穿的那件白衬衣脏兮兮的，领子都磨损了，但领带倒打得很端正，那件灰色西服又旧又皱，玷污的手指比头发还要乌黑，指甲也很脏，脸上泛出可亲的略带歉意的笑容，但又尽力控制着，免得露出参差不齐的牙齿。

“很高兴能见到你，海姆。”他说。

“你挺好的吧，埃文？”我问他。

“有点儿不顺，”他说，“不过我认为我把《马捷帕》[①]给镇住了。你这阵子还行吧？”

“但愿如此吧，”我说，“你去我家时，我正出去跟埃兹拉打网球了呢。”

“埃兹拉好吗？”

“非常好。”

“我太高兴了，海姆，你知道吧，我觉着你住的地方的房东太太挺烦我。她不肯让我上楼去等你。”

“我会跟她说的。”我说。

“别多事了。我总可以在这儿等的。此刻坐在阳光底下不是挺舒服的吗？”

“已经是秋天了，”我说，“我看你穿得不够暖和。”

“只有傍晚时会觉得有点凉，”埃文说，“我再加上件大衣就行了。”

“你知道大衣在哪儿吗？”

---

① 原文为“Mazeppa”，英国诗人拜伦出版于1819年的著名诗篇，此处是希普曼刚写成一部新作，自我吹嘘比拜伦的名著更好。

“不知道。反正在某个安全的地方吧。”

“你怎么知道呢？”

“因为我把那首诗留在大衣里了，”他开心地笑了起来，嘴唇却抿紧了，生怕露出牙齿，“就陪我喝一杯威士忌吧，海姆。”

“行啊。”

“嗨，让，”埃文站起来招呼侍者，“请来两杯威士忌。”

让端来一瓶酒，两只杯子和两只贴有十法郎字样的小碟，还有吸管。他不用量杯，径直往酒杯里倒酒，都足足超过了四分之三了。让很喜欢埃文，逢到让轮休的日子里，埃文时常随他一起出城，上奥尔良城门外蒙特鲁日镇的园子里去干活。

“千万别太优惠我们了。”埃文对身材高大的老侍者说。

“不就是两杯威士忌吗，对不对？”侍者反问道。

我们往杯子里兑上些水，这时候埃文说：“抿第一口时得非常用心，海姆。得好好掌握，这样两杯酒才能让我们多欣赏一段时间。”

“你没忘记当心自己的身体吧？”

“没有，那是自然的，海姆。咱们聊点别的事情成不成？”

街边平台上就光坐着我们俩，威士忌让我们一点点暖和起来，尽管我比埃文穿得更厚实些，我贴身穿着一件运动衫，上面是一件衬衫，然后再套上一件法国水手式的蓝毛衣。

“我一直在琢磨陀思妥耶夫斯基的事儿，”我说，“一个人文笔如此拙劣，拙劣得令人难以置信，怎么又能这样深深打动读者呢？”

“不可能是翻译的问题，”埃文说，“她译的托尔斯泰文笔很漂亮嘛。”

“我知道的。我记得多少次我试着想读完《战争与和平》，最后总算搞到康斯坦斯·加内特的译本，才把全书看完的。”

“有人认为这个译本还可以有所改进，”埃文说，“我确信还可以进一步提高，尽管我不懂俄语。我们都是能感觉出译文的优与劣的。不过这个译本使得它成为一部了不起的小说，没准是最最伟大的一部，你可以读了再读，一遍遍地读。”

“我知道，”我说，“可是对于陀思妥耶夫斯基，你就没法一遍又一遍地读了。有回出门旅行，我带了一本《罪与罚》，到了施伦斯再没有别的书可读了，虽然如此，我还是没法将此书再读上一遍。我读奥地利报纸，学德文，到后来总算找到几本陶赫尼茨版的特罗洛普作品。”

“让上帝保佑陶赫尼兹吧。”埃文说。威士忌已经失去它那种火辣辣的感觉，兑上水之后，仅仅给你一种过于强烈的味道。

“陀思妥耶夫斯基是个浑蛋，海姆，”埃文接着说，“他写浑蛋和圣徒最最出色。他笔下的圣徒特别了不起。是我们自己水平低，无法重读他的作品。”

“我打算试着再读一遍《卡拉马佐夫兄弟》。当初读的时候可能方法不对。”

“你可以挑一部分重读。读大部分。不过这样又会开始惹你生气的，不管这书有多么伟大。”

“总之，我们能初次读到它已经是很幸运的了，说不定以后还会有更好的译本吧。”

“就别太有奢望了，海姆。”

“我不会的。我只是想让自己读着读着自己还不觉得，就读进去了，而且是越读越发现它内涵丰富。”

“来，我用让的威士忌祝你如愿以偿。”埃文说。

“他多给你酒会遇到麻烦的。”我说。

“他已经遇到麻烦了。”埃文说。

“怎么的啦？”

“眼下资方和经理都要换人了，”埃文说，“新的老板想招徕更舍得花钱层次高一些的主顾，还想添设一个美国式的酒吧。侍者一水儿都穿白外衣，海姆，并且命令髭须什么的都得剃干净。”

“总不能叫安德烈和让也这么干吧。”

“按说是不能，可是他们还是要这么干。”

“让的髭须都留了一辈子了。那可是龙骑兵的小胡子。他是骑兵团的老兵。”

“那也不能不刮呀。”

我喝下了最后的那口威士忌。

“再来一杯威士忌吗，先生？”让问道，“您也来一杯，希普曼先生？”他那部厚重下垂的髭须是他那张瘦削和善的脸颊的一个组成部分，他那秃顶在几抹往中央贴去的油乌头发的遮掩下闪闪发亮。

“别这么干了，让。”我说。

“往后再没机会了，”他轻声对我们说，“都乱成一团了。好些人正打算卷铺盖呢。Entendu，Messieurs[①]。”他大声说道。他走进咖啡厅，端了只盘子出来，里面放着一瓶威士忌、两只大玻璃杯、两只标明十法郎价码的金边碟子和一瓶矿泉水。

“别这样，让。”我说。

他把玻璃杯放在碟子里，往里倒威士忌，几乎都快满出来了，然后把剩下不多一些的酒瓶拿回到咖啡部去。埃文和我往酒杯挤进去一些矿泉水。

“陀思妥耶夫斯基不认识让，这真是万幸，”埃文说，“否则肯定会酒醉致死的。”

“这两大杯东西咱们该怎么办？”

“干了呀，”埃文说，“这是一种抗议。是在采取直接行动。”

星期一早晨我上丁香园去写作，安德烈给我端来一杯牛肉茶，是用浓缩牛肉精加水兑成的。他身材矮小，头发金黄，原来蓄着粗短髭须的上唇如今已光溜溜的像位牧师了。身上也已改成一件美国酒吧招待穿的白罩衣。

“让又在哪儿？”

“他明天早上才能来。”

“他怎么样啦？”

“他且得过一阵子才能适应呢。大战时，他始终都在一个加强骑兵团里服役。他获得了战斗十字勋章和军功勋章。”

---

① 法语：好嘞，两位先生。

"我真不知道他还负过重伤。"

"不是的。他当然负过伤，可是他得到的是另外的一种，是嘉奖英勇行为的。"

"告诉他我向他问好了。"

"当然会的，"安德烈说，"我盼望他能够适应的时间别拖得太长了。"

"也请你转达希普曼先生的问候。"

"希普曼先生跟他在一起，"安德烈说，"这会儿正一块儿侍弄花木呢。"

邪恶派来的使者

埃兹拉离开乡村圣母院路去拉帕洛[1]前对我说的最后一句话是："海姆，我要你替我保管好这罐鸦片，要等邓宁[2]需要的时候才给他。"

那是只装冷霜的大口罐，我拧开盖子，只见里面的东西黑黢黢、黏稠稠的，一股很冲的生鸦片的气味。埃兹拉说，这是他在歌剧院街靠近意大利林荫道处从一个印第安酋长手里买来的，价钱极其昂贵。我猜测必定是从那家"墙窟窿"老酒吧里流散出来的，那可是个一战时以及战后逃兵、毒品贩们聚集的黑窝。"墙窟窿"是个漆成红门面再狭仄不过的酒吧，比过道宽不了多少，开设在意大利路上。有段时间，它有个后门能通向巴黎的下水道，从那里据说可以直达那些地下陵墓。邓宁的全名是拉尔夫·契弗·邓宁，是个嗜吸鸦片不想吃饭的诗人。他

① 意大利一海边旅游胜地，为庞德最喜爱之处。"二战"后庞德因投敌获罪后以病为由获释后仍去此处，老死该地。

② 拉尔夫·契弗·邓宁（Ralph Cheever Dunning，1878—1930），美国诗人。1905 年到巴黎，小有名气。

吸烟过量时便只喝得下牛奶了，他用三行诗节体[①]写诗，这一点博得了埃兹拉的好感，他也发现邓宁写的诗里别有佳处。邓宁的住处与埃兹拉的工作室在同一个院落里，埃兹拉离开巴黎前的几个星期里曾叫我过去帮忙抢救濒危中的邓宁。

“邓宁垂危，”埃兹拉派人送来的字条上写道，“盼速来。”

邓宁躺在床垫上，简直像一具骷髅，看得出早晚得死于营养不良，不过我好歹说服了埃兹拉，说邓宁说话句子有头有尾，很少有人会在这般状况下死去的，至于时至此刻还能口占三行诗节，更为我闻所未闻，我怀疑即使换了但丁怕也没有这般本领。埃兹拉说邓宁并未用三行诗章说话，我便说那大概是听着像吧，因为他派人叫我来时我正睡得香哩。在陪了一夜邓宁还是没有死之后，此事便只好交给一位医生来处理了，邓宁被送进一家私人诊所去解毒。埃兹拉答应负担医药费并征集了一伙我不认识的热爱邓宁诗作的文艺青年前来帮忙。留给我的任务是遇到真正紧急的关头把那罐鸦片给邓宁送去。这是埃兹拉托付的一项神圣职责，我只希望自己千万别先死，这样才能不辱使命，判定何时才是真正的紧急关头。一个星期天的早晨，这个时刻终于来到了，埃兹拉院子的门房来到锯木场对着楼上敞开的窗户大喊，当时我正在研究赛马日程，那婆子高声嚷道，“Monsieur Dunning est monté sur le toit et refuse caté goriquement de

① 意大利的一种抑扬格五音步诗体，大体上是三行连环韵诗。但丁的《神曲》即以此种复杂的诗体写成。

descendre."[①]

邓宁先生上了房顶死活不肯下来，看来真正的危急关头来到了，于是我找出那只罐子，与看门妇一起上了街，这妇人身材矮小，神情紧张，眼前这局势真让她慌了神了。

“先生带上要用的东西了吗？”她问我。

“绝对没错，”我说，“不费吹灰之力就能够解决的。”

“庞德先生啥都想到了，”她说，“他真是圣徒重生哪。”

“的确是的，”我说，“我没有一天不想念他呀。”

“但愿邓宁先生能明白事理。”

“我带着能让他听话的东西哪。”我让她放心。

我们走到工作室所在的院子时，看门妇人说：“他下来了。”

“他必定知道我要来了。”我说。

我登上通向邓宁房间的室外扶梯，敲了敲门。他开了门。他憔悴瘦削，看上去高得出奇。

“埃兹拉要我把这东西带给你，”我说，把罐子递给他，“他说你清楚这是什么的。”

他接过罐子，看了看。接着便将罐子朝我扔来。罐子打在我胸前或是肩膀上，接着便滚下了楼梯。

“你这狗娘养的，”他说，“你这混蛋。”

“埃兹拉说也许你用得着。”我说。他扔过来一只牛奶瓶算是回应。

---

① 法语。意同下段首句：“邓宁先生上了房顶死活不肯下来。”

“你确实用不着吗？”我问。

他又扔过来一只奶瓶。我转身退走，他又扔来另一只，这回砸在我的背上。接着他砰地关上了门。

我捡起那只罐子，它仅仅是出现了一些裂缝，我将它放进衣兜。

“看来他并不想要庞德先生的礼物。”我对看门女人说。

“也许他此刻会安静些了。”她说。

“也许他自己还有些货吧。”我说。

“可怜的邓宁先生。”她说。

埃兹拉组织的由诗歌爱好者形成的邓宁救援团终于又行动起来了。我自己和看门妇的干预看来并不成功。那只据称装有鸦片的摔裂罐子让我用蜡纸包好，仔细捆扎紧，塞进了一只旧马靴。几年后，埃文·希普曼帮我从老公寓搬走我的私人物品时，那双马靴还在，可是那只罐子却不见了。我不知道邓宁为什么会朝我扔牛奶瓶，莫非他还记得他第一次濒危时我不肯轻信，要不就是天生不喜欢我的为人。我还记得，“Monsieur Dunning est monté sur le toit et refuse catégoriquement de descendre”这句话怎样把埃文·希普曼逗得乐不可支。他相信这里头含有几分象征意义。我可看不出来。也许邓宁把我看成是邪恶或是警察派来的一个使者了。我只知道埃兹拉极想对邓宁好一些，就像他想对众多人都好一些一样，我一直希望邓宁是个好诗人，正如埃兹拉相信他是的那样。对于一个诗人来说，他摔牛奶瓶的准确度算得上非常之高。可是埃兹拉呢，他既是一位非常伟大的诗人，网球也打得极好。至于埃文·希普曼，他是位非常优秀的诗人而且毫不介意自己的诗能否出版，他认为此一事之中的奥秘，还是以不解开为宜。

“在我们的生活中就应该有更多真正的谜，海姆，”他有一次对我说，“全然没有雄心的作家和真正优秀却未能发表的诗歌，这正是当前我们极端缺乏的东西。自然啦，这里也还存在着一个维持生计的问题。”

司各特·菲茨杰拉德

他的才能是与生俱来的，正如蝴蝶翅膀上由彩色粉末构成的图案是浑然天成的一样。有一段时间他与蝴蝶一样对此毫无所知，也不清楚翅膀是何时遭到污损与涂抹的。后来，他才意识到翅膀的受损以及它们的构成，他学会了思考，但是却再也飞不起来了，因为对于飞的爱好已不复存在，他只能回忆当初曾是如何轻松飞翔的了。

我初次与司各特·菲茨杰拉德[①]见面时就遇到了一件非常奇怪的事情。跟司各特有关的奇怪事情着实不少，但是这一件我是永远也不会忘记的。他走进德朗布尔路丁戈饭店的酒吧间，当时我正跟几个全然无足轻重的人坐在一起，他作了自我介绍，并且介绍了和他一起来的一个身材高大、和蔼可亲的男子，说这位是大名鼎鼎的棒球投球手邓克·查普林。我从未迷过普林斯顿的棒球队，所以也未曾听说过他的大名，但是他风度优雅，轻松自在，跟谁都很友好，所以与司各特相比，他让我觉得更

① F. 司各特·菲茨杰拉德（F.S.Fitzgerald，1896—1940），美国著名小说家，著有《了不起的盖茨比》（1922）、《夜色温柔》（1934）等传颂一时的小说，写出了"一战"后"爵士时代"美国青年梦想的幻灭。

加投缘。

司各特当时虽已成年但还有点儿孩子气，那张脸漂亮有余，英气却稍嫌不足。他一头淡金色的鬈发，高高的额角，目光兴致勃勃也很友善，嘴唇长而薄，是爱尔兰人的模样，若是长在姑娘的脸上，便能算是“美人朱唇”了。他的下巴很坚毅，耳朵像模像样，鼻子也很中看，一点点疤痕都没有，几乎算得上漂亮了。这些因素加在一起还不能凑成一张美好的脸，他气色好，淡金色头发，还有那张嘴，这就没得说的了。在你熟识他之前那张嘴总会使你感到不安，在熟识之后就更加让你觉得心烦了。

我一直非常好奇，希望能与他结识，当时我辛辛苦苦工作了一整天，所以感觉特别奇妙，因为面前居然出现了司各特·菲茨杰拉德以及那位名盛一时的邓克·查普林，虽说我未曾耳闻但如今已是我的朋友了。司各特一直讲个不停，因为说的话让我发窘——都是关于我的作品以及如何了不起的——我只得仔细对他盯着看而不去听他的话。当时我们仍然遵循这样的做人准则：当面奉承一个人就不啻是在公然羞辱他。司各特要了香槟酒，于是他和邓克·查普林还有我，以及几个我觉着是无足轻重的家伙，便一起喝了起来。我认为邓克或是我都没在认真听他的演说，因为那简直就是一篇演说，我一直在观察司各特。他身子单薄，看上去健康状况不是很好，脸还稍稍有些浮肿。他穿的布鲁克斯兄弟公司的套装很合身，穿的白衬衫领尖上还安有饰扣，打的是英国皇家禁卫队用的领带。我原想应该告诉他这领带用得不太妥当，因为巴黎有的是英国人，没准会有个把走进这丁戈酒吧间的——当时显然就有两个——可是再一想，管他娘的吧，便又盯看了他一阵子。后来才得知那领带是他在罗马买的。

我再观察下去也没有多少新发现了，除了注意到他那双手模样挺好，像是很能干活的，不算太小，但当他在一只酒吧高脚凳上坐下时，我看到他的腿非常之短。倘若双腿正常，他没准还能高上两英寸。我们已喝完第一瓶香槟，开始喝第二瓶，演讲的势头也开始减弱了。

邓克和我开始感到此时倒比喝香槟酒前还轻松一些，演讲总算快结束了。直到此时，我一直以为，只有我、我妻子和极少数熟到无话不谈的朋友，才私下里认为我是个多么了不起的作家，但这是绝对不能对外人言的。我很高兴司各特也得出了同样的让人愉快的结论，同样高兴他的演讲快要没词儿了。可是演讲结束，提问的阶段便开始了。你可以细细观察他不注意他的演说，可是他提的那些问题你却是无法回避的。我后来发现，司各特相信小说家是可以通过直接诘问朋友与熟人来搜集他所需要的素材的。他的诘问真可谓单刀直入。

“欧内斯特，”他说，“你不介意我叫你欧内斯特吧？”

“还是问邓克吧。”我说。

“别扯开去。我是认真的。告诉我，你跟你妻子在结婚前就睡在一起了吗？”

“我不知道。”

“你不知道，这话是什么意思？”

“我不记得了。”

“这么重要的事，你怎么会不记得呢？”

“我不知道，”我说，“这很奇怪，不是吗？”

“何止是很奇怪，”司各特说，“你肯定能记起来的。”

“我很抱歉。这很不像话，是不是？”

“别跟有些英国佬说话那样曲里拐弯成不成，”他说，“给我严肃点，认真回忆一下。”

“真的不行啊，”我说，“这事怕是没指望了。”

“你总可以态度认真点，深挖细掘一下吧。”

此番用的口气已经是足够重的了，我想。我不知道他是不是对每一个人都是这么说话的，不过我想大概不是的，因为我注意到他方才说这话时已经在冒汗了。汗从他那纤长、完美的爱尔兰式上唇那里渗出来，颗粒很小，而我就是在那时把视线从他脸上移开，往下目测他那双腿的长短的，当时他正坐在酒吧前的高脚凳上，在把双脚往上移。接着我的眼光又转回到他的脸上，此时，奇怪的事情发生了。

他坐在吧台前，擎着那杯香槟，整个脸上的皮肤像是陡然绷紧了，一直到原来的浮肿也不见了，皮肤还继续抽紧，最后，那张脸简直就像是骷髅头了。双眼凹陷，开始变得没有一点活人模样，双唇抿得紧紧的，脸上血色褪尽，像用过的蜡烛般的苍白。这绝非出于我的想象。就在我眼前，他的脸变成了一个死者的遗容，或者说是一张死者的面模。

"司各特，"我说，"你没事吧？"

他没有回答，脸好像抽缩得更紧了。

"咱们最好把他送到急救站去。"我对邓克·查普林说。

"不用。他挺好的。"

"他看上去像是不行了嘛。"

"不是的。他一喝酒就这样。"

我们把他弄进了一辆出租汽车，我非常担心，但邓克说他根本没事，不用为他担心的。"没准一到家他就什么事都没有了。"

他必定是这样的，因为几天后我在丁香园咖啡馆遇见他，我说我很抱歉，那种酒让他受到那么大的伤害，很可能是我们边说话边喝酒，酒喝得太急了。

"你说抱歉，这是什么意思？什么东西让我受到那样大的伤害？你在说些什么呀，欧内斯特？"

"我是指那天晚上在丁戈的事。"

"在丁戈我什么事儿也没出呀。我只不过是很讨厌跟你在一起的那几个英国佬，于是便回家了。"

"你在的时候根本没什么英国佬呀。在场的只有那个酒吧间侍者。"

"别编侦探故事了。你知道我指的是谁。"

"噢。"我说。他准是后来又回到丁戈酒吧间去了。要不就是他另外一次去了丁戈。不。我记起来了，是有两个英国人在那儿来着。一点不错。我都能记得他们是谁了。他们的确在场。

“对了，”我说，“的确没错。”

“假充贵族的那个雌货目中无人，还有死缠着她的那个白痴醉鬼。他们说跟你是哥们儿。”

“也算是吧。那位女士有时候确实不懂礼貌。”

“你明白了吧。所以别因为一个人多喝了几杯就编侦探故事。你干吗要编故事呢？那可不是我认为你会做的事。”

“我也不太清楚，”我不愿再说这件事了。这时我想起了另一件事，“是不是他们对你的领带说了什么不得体的话了？”我问。

“他们对我的领带能挑出什么毛病？我那天系的是一根普普通通的针织黑领带，穿的是一件白色马球衫。”

我服输了，再不提那天的事，他问我为什么喜欢这家咖啡馆，于是我便告诉他此店早年间的来历，于是他也开始试着去喜欢它，我们坐在那里，喜欢它的我与试着去喜欢的他，接着他提了一些问题，告诉我关于一些作家、出版商、代理人和批评家以及乔治·霍勒斯·洛里默[①]的情况，还谈到当了一名成功作家之后的经济情况与会遇到的流言蜚语，他冷嘲热讽，妙语如珠，兴致很高，非常逗人，让你觉得他真是可爱怡人，即便你小心翼翼生怕别人对你过于亲热。他在谈到过去写成的一切时都轻轻一笔带过倒没有痛心疾首全盘加以否定，我便知道他

---

① 乔治·霍勒斯·洛里默（George Horace Lorimer，1867—1937），美国著名编辑，长期担任《星期六晚邮报》主编，使每期印数上升至300万份。

那部新作必定非常出色，足以使他能够满不在乎地谈到早期作品的不足之处。他让我读读他那部新著《了不起的盖茨比》，但那也只好等他把这仅存的一本从借去那人的手里要回来之后才能办到了。听他谈这本书，你从他的话里是无法得知那到底是如何极其精彩的，除了觉得他跟所有的写出了非常优秀的作品却不爱张扬的作家一样，都是十分羞怯的，因此我希望他能快些把那本书要回来好让我能拜读。

司各特告诉我，他听麦克斯韦尔·珀金斯[①]说，这本书销得不算好但是评论方面却反映极佳。我不记得就是那天还是过了好久之后，他拿了一篇吉尔伯特·塞尔迪斯[②]写的书评给我看，文章写得不能再好了。要想更好，只有等吉尔伯特·塞尔迪斯的写作水平更上一层楼了。司各特对书销路不算好感到不可理解也很受伤害，不过，正如我已说过的那样，他当时丝毫没有愤世嫉俗，只是对书的质量既感到羞怯又颇为得意。

这天，我们坐在丁香园外面的平台上，眼看天色渐暗，路边步行客行色匆匆，暮色一点点在变浓，我们喝下去两杯兑苏打水的威士忌后，他并没有起化学反应。我细细观察，但上次的情况并未出现，他也没有提什么让人难堪的问题，没有做什么让人发窘的事，也没有发表演说，举止完全像一个既聪明又

---

① 麦克斯韦尔·珀金斯（Maxwell Perkins，1884—1947），美国著名文学编辑。当时任菲茨杰拉德的责任编辑。

② 吉尔伯特·塞尔迪斯（Gilbert Seldes，1893—1970），美国作家、批评家与编辑。

有风度的正常人。

他告诉我，他和妻子姗尔达因为天气恶劣，不得不把自己的那辆雷诺牌小车留在里昂了，他问我可愿陪他一同乘火车去里昂，把那辆车领了一起开回来。菲茨杰拉德两口子在离星形广场不远的蒂尔西特路14号租了一套带家具的公寓房。此刻已是暮春时节，我想乡野风光正好，小游一遭必定极为愉快。司各特看来那么诚恳友好，而且我亲眼看到他喝下去满满两大杯纯威士忌一点事儿都没有，他的良好风度以及看上去考虑问题非常清楚，竟使前些天晚上发生在丁戈的事儿，都像是做过的一场噩梦。因此我说很愿意陪他去里昂，那么他打算何时出发呢。

我们说好第二天碰头，再搭乘早上始发的快车去里昂。这趟车出发的时间很合适，速度非常快。中间只停一站，我记得是第戎。我们打算进里昂市区，把汽车检修一下，让它什么毛病都没有，美美地吃上一顿晚餐，第二天一清早出发，驶回巴黎。

我对这次旅行很是热心。我将和一位比我年龄稍长、卓有成就的作家同行，在这段时间里我们必定会在车里交谈，我肯定会学到许多有用的东西。现在回想起来也觉得奇怪，我怎么会把司各特看成是位老作家的呢，由于我还未读到《了不起的盖茨比》，我把他当作是比我年齿长了不少的作家。我印象中他三年前就为《星期六晚邮报》写了一些可读性强的短篇小说，不过我从未认为他是个严肃作家。他在丁香园告诉过我，他如何写出了一些他认为是质量上乘的短篇小说，它们对于《星期六晚邮报》来说是质量够好但有点太高雅的小说，接着他便稍作修改，使之成为杂志肯花钱收下的短篇小说。当时我听后大为吃惊，说我怎么觉得这就是卖淫呢。他说是卖淫不假，但他不得不这样做，因为他要从杂志社弄到钱，这样才能生活上有保障能写出他的像样作品。我说我不相信一个人可以既这么写又那么写而不对自己的写作才能造成损害。他便说，由于他首先已用最佳形式写成，那么以后再怎么改动与糟蹋也不会对自己有什么损害了。对此我无法苟同，便想通过争论来说服他，但是我得有一部长篇小说作本钱，来证实自己的论点与说服他，只可惜我还未能写出这样的一部长篇。自打我开始与原来所拥有的写作模式彻底告别，摒弃了一切惯用技巧，试着去创造而不是去描述，写作便成了一件奇妙的事。但是这样做非常艰辛，我还不知道自己能否写出一部字数够多能算是一部长篇小说的书呢。我往往得用整整一个上午才能写成一个段落。

我的妻子哈德莉很为我能出去走走感到高兴，虽然她并未觉得司各特的作品有什么了不起——她也曾看过一些。在她心目中，只有像亨利·詹姆斯那样的人，才能算得上是优秀作家。

但她认为，我能够放下工作稍稍放松去做次旅游，倒也是个好主意，虽然我们都希望有足够的钱能自己买上一辆车，单独两人出行。但这样的好事我是连想都不敢想的。我虽然收到一笔二百元预付稿酬，那是波尼和利夫莱特公司[①]将于秋天在美

① 美国的一家出版公司。

国出版的我的第一部短篇小说集的钱，我目前正把短篇小说卖给《法兰克福日报》、柏林的《横断面》和巴黎的《本季度》与《大西洋两岸评论》，但是我们日子还是过得挺俭省的，除了生活必需之外连一个子儿都不敢乱花，为的是能攒钱在七月间去潘普洛纳[①]参加节日活动，去马德里，再去巴伦西亚[②]参加宗教节日活动。

约好从里昂火车站[③]一起出发的那天早晨，我早早儿便赶到那里，在那次车的栅栏门口等司各特。说好车票由他买好带来的。快到开车时他还没有来，我便买了张月台票来到列车旁，挨着车厢寻找他。我没有见到他，由于长长的列车马上要开动了，我便上了车，在车厢里穿行，但愿他已经登上了车。那列车好长好长，但车上并没有他。我向列车员说明情况，补了一张二等票——没有三等的——还跟列车员打听里昂最好一家旅社的名称。现在没有旁的事可做，只有到第戎时给司各特发个电报，告诉他那家旅社的名称以及我会在里昂等他了。他动身之前怕是不会收到电报的，不过他的太太想必总会发电报转告他的吧。直到那时，我还从未听说过一个成年人居然会错过一班火车的；不过在这次旅行中我还会学到许多新鲜事物呢。

在那段日子里，我的脾气很坏，也很急躁，可是等列车过

---

①② 潘普洛纳为西班牙东北部城市，每年七月初举办斗牛赛事，至今不辍。巴伦西亚为西班牙东部一海港。

③ 巴黎里昂火车站。是巴黎主要火车站之一，从此出发的火车开往法国南部和东部。

了蒙特罗以后，我火头平定下来了，我已经不太生气而是能眺望与欣赏乡野的景色了，中午时我上餐车去吃了一顿丰美的午饭，还喝了一瓶圣埃米利翁红酒，心想纵使我当了一回冤大头，接受邀请出门旅行，本来说好由对方支付一切费用的，现在却不得不把自己原本去西班牙旅游时才能用的钱提前用了，但纵使如此，我还是接受了一次很好的教训。此前我还从未享受过一次不用自己掏钱而不是各出各的旅游呢，这一次我也曾坚持旅馆住宿费与用餐费是必须自己付的。可是现在我甚至都不知道菲茨杰拉德是否会露面了。在方才生气的时候我已经将此人从司各特降格为菲茨杰拉德了[①]。稍后，我便庆幸亏得自己一上来便将怒气发泄一空了。因为这可不是一次为动辄就会生气的人设计的旅行哪。

在里昂，我获悉司各特已经离开巴黎前来里昂，但是并未留下话说他打算住在何处。我又把我的地址重述了一遍，女佣说先生若来电话她会转告他的。夫人身体不适，尚未起床呢。我给里昂各家有名的旅馆都打了电话，留了言，但就是查不到司各特的下落，于是我走出旅馆，进了一家咖啡馆，想喝一杯开胃酒并且看看报。在咖啡馆里我遇到了一个以表演吞火谋生的人，他还能扳弯硬币，是用大拇指与食指捏住放在没了牙齿的牙床之间扳弯的。他还露出牙龈给我看，似乎已经红肿了但

① 英美习俗，直呼其名表示亲热熟稔，称姓氏便见生疏。

看上去还挺结实。他说干这 metier[①] 还能混得下去。我请他喝一杯酒，他很高兴。

他有一张漂亮黝黑的脸，在吞火时便闪闪发亮。他说在里昂表演吞火与用手指、牙床显示本领挣不到什么钱。假冒的表演者毁掉了这一行当的名声，哪里允许他们表演，他们就会在那里败坏这一行当的名声。他说他整个晚上都在表演，但是还没能挣到够今晚再吃点别的东西的钱。我请他再喝一杯，好把吞火时留下的汽油味冲冲，又说如果他知道何处有惠而不费的餐馆，我们可以共进晚餐。他说他恰好知道有一处再好不过的地方。

我们在一家阿尔及利亚餐馆吃了一顿非常便宜的晚餐，我喜欢那里的饭菜和阿尔及利亚酒。这吞火者是个好人，看他吃饭很有趣，因为他用牙龈咀嚼能跟大多数人使用牙齿时一样的好。他问我依靠什么谋生，我便告诉他我刚开始写作。他问我写的是哪类作品，我说是短篇故事。他说他知道许多故事，有一些比任何人写过的都要更为恐怖更加让人难以置信。他可以讲给我听，我可以写下来，如果能挣到钱随便给他一点就行。最好的做法是我们一起去北非，他可以带我去蓝色苏丹[②]的国度，在那里我能收集到别人连听都没听说过的故事。

---

① 法语，行当、营生。

② 蓝色苏丹，原名 Ahmed al-Hiba（1876—1919），在摩洛哥南部抗击法国殖民军的抵抗力量领袖。

我问他是哪一类的故事，他说是关于打仗、处决、酷刑、强奸、违法、骇人的习俗、令人难以置信的行事方式、放荡淫逸的行为；反正我需要什么就有什么。此刻已快到我该回旅馆再次查询司各特是否来到的时候了，因此我付了饭钱，说我们一定会再次相遇的。他说他正往马赛的方向边走边卖艺，于是我说迟早会在某个地方相聚的，能与他一起吃饭真是件愉快的事。他还得把弄弯的硬币扳直码齐，我便离开他走回旅馆去。

里昂的夜晚使人感到这城市不太讨人喜欢，要是你有钱也喜欢有地方花钱，那就会觉得这儿繁荣、殷实，没准对它印象不错。多年来我一直听说此地餐馆的鸡做得极为出色，可是我们方才吃的却是羊肉。当然羊肉做得亦极甘美。

旅馆里仍然没有司各特的消息，于是我便在酒店我并不习惯的奢华氛围中上了床，阅读一本从西尔维娅·比奇租书部借来的屠格涅夫的《猎人笔记》第一卷。我已有三年未曾接触大酒店的奢华生活了，我把窗户全都敞开，把枕头卷起塞在双肩、头颈下面，快活地与屠格涅夫一起漫游，直到读着读着，睡意袭来进入梦乡。翌晨，我正在刮脸准备出去吃早餐，服务台打来电话，说楼下有一位先生要见我。

“那就请他上楼来吧。”我说，继续刮脸，一边谛听这地方一清早便开始生气勃勃渐渐喧闹起来的市声。

司各特没有上来，我便下楼到服务台前去见他。

“事情弄得这样乱，我真不好意思，”他说，“其实只要我知道你要住的是哪家旅馆，事情就会好办多了。”

“行了，”我说。我们还得开车走很远的路，我不想跟他纠缠不清了，“你是坐哪班火车来的？”

“就紧跟你坐的那一班。车上舒服极了，真不如一起乘这趟来的呢。”

“你吃过早饭了吗？”

“还没有。我满城找你来着。”

“真见鬼，”我说，“家里人没告诉你我住在这儿吗？”

“没有。姗尔达身体不舒服，我也许是不应该来的。到目前为止，这趟旅行没一件事是顺心的。”

“那就让我们先吃点东西，找到那辆汽车，然后滚蛋。”我说。

“很好。我们要不要就在这地方吃？”

“上咖啡馆吃可以快一些。”

“不过在这儿的水平肯定会高些。”

“那也成。”

那是一顿很丰盛的美式早餐，有火腿煎蛋，味道确实不错。可是等我们点好菜，等着上菜，一样一样吃掉，再为付账等候，都快用掉将近一个小时了。可是一直到侍者拿着账单朝我们走过来时，司各特才决定还得让旅馆为我们准备一份外带午餐。我竭力劝他别那么办，因为我肯定我们路过马孔时必定能买到一瓶马孔葡萄酒的，随便找一家熟食店便能买到些东西做三明治。要是不巧开车经过这些店铺时它们全打烊了，咱们半路遇的餐馆还能少吗，就不能随时停车吗？可是他说，是我告诉他的，里昂的鸡做得棒极了，因此绝对是不能不带上一只的。于是大旅社便为我们特制了一顿外带午餐，价钱比我们自己去买也不过就多出个四倍至五倍而已。

司各特在我下楼见他之前显然已经喝过酒，但看来他还需要喝上一杯，于是我便问他我们出发前他是否想上酒吧间去喝上一杯。他告诉我他并不是一个习惯早上起来就要喝酒的人，还问我是不是。我告诉他这完全得看我当时的感觉和我必须处理什么事，于是他说如果我觉得需要喝上一杯，他可以陪我去，这样我就不至于必须得独饮闷酒了。于是我们便去酒吧间各自喝了一杯兑毕雷矿泉水的威士忌，一边等待午餐做得，这样一来，两人便都气顺多了。

尽管司各特表示要支付一切费用，但我还是付了住旅馆的费用与酒吧间的账。这次旅行一开始，我便在情绪上感到有点儿别扭，我发现只有多在一些项目上作出承担，我才能感到稍稍心安理得一些。我与哈德莉为西班牙之行所省下来的钱已经让我用得七七八八了，但我知道自己在西尔维娅·比奇那里有很好的信誉，我此刻挥霍掉的钱，都可以从她那里借到，以后再设法归还。

在司各特存车的那家修车行里，我惊奇地发现那辆小雷诺车居然没有顶篷。顶篷在车子从马赛港卸下时受到了损害，要不就是在马赛使用时碰坏了，坏得必定不轻所以姗尔达便让人把顶篷拆下，也不许修好重新装上。他妻子讨厌汽车顶篷，于是他们便没有顶篷地开到里昂，在这里为大雨所阻。除了这一点，汽车没什么大毛病，司各特在一番讨价还价后，为洗车、加润滑油、加了两公升汽油付了费。修车行的人向我解释，这车的活塞环需要换新的了，那必定是在缺乏足够的润滑油与水的情况下还继续使用而磨损的。他让我看它因为过热把发动机上的漆都烧掉了。他说要是我能说服那位先生到巴黎后重换一个活塞环，这辆蛮不错的小车就能发挥它该有的性能了。

“先生不让我再装上顶篷。”

“真的？”

“开车的人对车子应该负责任嘛。”

“这是应该的。”

“两位先生都没带雨衣？”

“没有，”我说，“我不知道没有顶篷。”

“想办法让先生认真一些吧，”他恳求地说，“至少要顾及到这辆车子嘛。”

“好的。”我说。

我们开车走了大约一个小时，便在里昂以北为大雨所阻。

那一天，我们因遇雨而停车总有十次之多。大都是阴云带过来的阵雨，也有几次时间稍长。如果我们有不透水的雨衣，在这样的春雨中驱车还是件蛮惬意的雅事。既然没有，我们便只得寻找树荫避雨，或是躲进路边的咖啡馆。我们从里昂旅社带出来的午餐异常丰富，一只口味极佳的腹腔内塞有块菌的烤鸡，面包喷香可口，还有马孔白葡萄酒，我们每次停车喝马孔酒时司各特都乐滋滋的。来到马孔，我又买了四瓶优质葡萄酒，什么时候需要，便由我来拧开一个瓶子的软木塞。

我不能肯定司各特以前是否直接对着瓶口喝过酒，但他这样子喝异常兴奋，就像是闯进了贫民区去猎奇，又像一个姑娘因初次不穿泳装下水游泳而激动不已。可是，午后刚过，他就开始为自己的健康担起心来了。他告诉我最近有两个人因肺充血而死去。这两个人都死在意大利，使他深为震惊。

我告诉他肺充血就是肺炎的老式说法，他对我说我压根儿不懂，完全弄错了。肺充血是原生于欧洲的一种病，就算我读过我父亲的医书也不可能对它有丝毫了解，因为那些书讲的纯然是美国的疾病。我说我父亲也是在欧洲留过学的。可是司各特反驳说，肺充血最近才在欧洲出现，我的父亲绝不可能对此有任何了解。他还解释说，疾病在美国不同地区也会有不同的表现，倘若我的父亲是在纽约行医而不是在中西部，那他所了解的疾病领域自然就全然不同了。他居然还用了“疾病领域”这个词语。

我说，他关于某些疾病在美国的一个地区流行却在另一个地区不见影迹的说法，的确很有道理，我还举出例子，说麻风病在新奥尔良发病率高，但是在芝加哥呢，却是很低。不过，我说，医生们之间是有一种交流知识与情报的制度的，而且既然他提出这个问题，倒促使我记起，曾经在《美国医学协会学报》上读到过一篇很具权威性的文章，正是谈欧洲肺部充血症的，文中还将该种病症的历史一直追溯到希波克拉底[①]本人。这话让他怔住了好一会儿，于是我劝他再喝上一杯马孔酒，因为一种好酒，浓郁适中，酒精含量不高，几乎能算是防治这种病的特效药。

这以后，司各特情绪稍稍好转了一些，但很快，他又变得没精打采了，问我说是否还来得及赶去一个大些的城市，因为正如我方才告诉他的，真正的肺充血，欧洲型的，发作之前，其征兆正是发烧与神志不清。此时我正在把在讷伊[②]一家美国医院里做喉部烧灼术时，从一本法国医药杂志上读到的一篇论同一种毛病的文章，用英语将内容介绍给司各特听。“烧灼术”这样的词语像是对司各特起了些抚慰作用。但他还是想知道何时能开到城里。我说如果我们紧着点儿开，二十五分钟到一小时之间准能到达。

司各特此时问我怕不怕死，我便说有的时候很害怕，有时候又不怎么害怕。

此时，雨真的下大了，我们便在前面一个村庄的一家咖啡馆里躲雨。那天下午所有的细节我也记不太清了，只知道最后我们来到应该是索恩河畔夏龙镇上的一家旅店时，天色太晚，药房全都关门了。我们一到旅馆，司各特马上脱掉衣服上床。他倒不在乎会得肺充血死掉，他说。问题是谁来照顾姗尔达和

① 希波克拉底（公元前460？—公元前377？），古希腊医生，有“西方医学之父”之称。

② 讷伊，巴黎城郊居民区与工业区。

小司各蒂呢。其实我也不太清楚我怎么能照顾她们，因为我此时为了照顾哈德莉和幼小的儿子邦比已经心力交瘁，但我还是说我会尽力而为的，于是司各特便向我表示感谢，还叫我确保别让姗尔达喝多了酒，还得为小司各蒂找一个英国家庭女教师。

我们已经把衣服都送去让人烘干了，身上只穿着睡衣裤。外面还在下雨，房间里亮着电灯，让人感到温暖愉快。司各特躺在床上，以保存体力好与疾病作抗争。我把过他的脉，七十二下，也摸过他的额头，凉凉的一点都不热。我听过他的胸部，让他做深呼吸，他的胸部听起来也完全正常。

“听我说，司各特，”我说，“你什么事儿都没有。若是想采取什么措施不得感冒，那就好好地待在床上，我会去给两人都要上一杯柠檬水和一杯威士忌，你就着服下一片阿司匹林，就会感觉良好，绝对不会得感冒，不会头疼的。”

“那都是老太婆的土方子。”司各特说。

“你一点烧都没有。没发烧又他娘的怎么会得肺充血呢？”

“别骂娘好不好，”司各特说，“你怎么知道我没发烧呢？”

“你的脉搏很正常，手摸上去一点不觉得烫。”

“摸着不烫，”司各特恨恨地说，“如果你真够交情，就给我去弄一支体温计来。”

“我还穿着睡衣呢。”

“让下人去办嘛。”

我打铃叫侍者。他没有来，我再打铃，接着又沿着走廊摸过去找他。司各特闭着眼睛躺在床上，缓慢地、小心翼翼地出气吸气，再配上他蜡白的脸色与完美俊俏的面容，简直就是一具十字军少年骑士的遗体了。此时我开始厌烦起文学生涯来了，如果说此刻在过的就是文学生涯的话，而且我已经不惦念写作了，每当生命中的一天又给白白浪费掉，在这天行将结束时我总会感到死一般的寂寞。我对司各特与这出愚蠢的喜剧感到厌烦透了，但我还是找到了侍者，交钱让他去买一支体温计和一小管阿司匹林，还点了两杯鲜榨柠檬汁和双份威士忌。我原想要一瓶威士忌的，可是他们这儿只能论杯卖。

回到房间，司各特仍然躺着像是卧在他的墓石上似的，俨然是为自己雕刻的一尊纪念像，他双眼闭着，一呼一吸，莫不带着可为人楷模的尊严。

听到我走进房间，他说话了："你弄到体温计了吗？"

我走过去，将一只手放在他前额上。那儿并不像墓石一般冰冷，却是阴凉的，也一点不汗津津。

"没呢。"我说。

"我以为你会带来的呢。"

"我让人去买了。"

"那可是不一样的。"

"是的。是不一样的，对吗？"

你无法对司各特生气，正如你没法对一个疯子生气一样，但是我却开始对竟被卷入这桩大蠢事而生自己的气了。不过他也不是全然没有道理，我非常清楚。那时候很多酒鬼确实是死于肺炎，如今这种病已基本上绝迹了。可是你又很难把他算作酒鬼，因为他只受到那么点酒精的毒害。

那时候在欧洲，我们都认为喝酒就跟吃饭一样，是有益于健康、很正常的一件事，而且也能给你带来幸福、安康和快乐。喝点小酒并不是充阔摆谱，亦不代表见过世面与赶时髦；它跟吃饭一样再自然不过了，对我来说就是必不可少的，我还觉得吃一顿饭而不喝点葡萄酒、苹果酒或是啤酒，这简直是不可想象的。什么酒我都喜欢，甜的、带点甜味的与太烈性的除外，我从未想到因为和别人一起喝了不多几瓶相当清淡的干白马孔酒，便会在司各特身上引起化学反应，会使他变傻了。不错，那天早上是喝了一杯兑毕雷矿泉水的威士忌来着，但是由于当时自己对酒精能起的作用一无所知，我想象不出一杯威士忌对一个在雨中驾驶一辆没顶篷车子的人会造成多大的伤害。要不了多久，那点儿酒精早就该氧化掉了吧。

在等茶房把各种东西送来之前，我只好坐下来看报，同时把方才停车躲雨时拧开塞子的那瓶马孔酒喝干净。在法国，报纸上总会刊载一些对犯罪行为的精彩报道，你可以一天接一天地连着读。那就跟读连载小说差不多，但是你必须先能读到开头的那几回，因为这里是不提供前情梗概的，不像美国报刊上会有的那样，而且也让你觉着不如美国的那么精彩，除非你是读了那至关紧要的头一章。要是你在法国旅行，那你便会对读到的报纸非常失望，因为你失去了上面所刊登的犯罪案件、桃色新闻与隐私丑闻的连贯性，跟你平素在咖啡馆里读报时得到的乐趣简直不可同日而语。今天晚上，我多想能泡在一家咖啡馆里，那样便能读到巴黎的晨报，观看四周围的人，喝一杯比便携午餐里的那瓶马孔酒牌子更硬一些的饮料，以勾起晚餐的食欲了。但我此刻还得照管司各特，也只能待在原处，尽量自我排遣了。

侍者终于端来了两杯鲜榨柠檬汁、冰块、威士忌，与一瓶毕雷矿泉水，他告诉我药店已经打烊，他弄不到体温计。但他借到了几片阿司匹林。我问他可否尽量设法去借一支体温计。此时司各特睁开眼睛，向茶房投去爱尔兰式恶狠狠的一眼。

“你告诉了他我的病情有多严重吗？”他问。

“我想他是明白的。”

“请你把话尽量说清楚些。”

我试着把话说得更加清楚，侍者说，“我尽量去弄就是了。”

“你让他去办事，小费给足没有？只有拿到小费他们才肯挪动一下的。”

“这我倒不知道，”我说，“我寻思旅馆付给他们工资，也包括这方面服务的吧。”

“我的意思是，你得大大方方地付给小费，他们拿到了才肯挪动一下屁股。他们大多数人都坏透了。”

我想起埃文·希普曼，想起丁香园咖啡馆的那位侍者，他因为店里开设了美式酒吧而不得不剃去髭须，还想起自己结识司各特前很久，埃文怎样跟那人一起到蒙特鲁日的花园去侍弄花木，我们大家全都那么要好，在丁香园相处了那么长久，后来又起了种种变化，那些事对我们全都有着多大的意义。我想到要把丁香园的这一切事全都告诉司各特，但没准我以前都在他面前提到过了，我知道他是不会关心侍者与他们的问题，也体会不到他们超乎寻常的好意和感情的。那时候司各特憎恨法国人，由于他经常接触的法国人几乎仅仅是侍者，那是他所不了解的，还有出租车司机、修车行雇员和房东，他想羞辱与斥骂他们，机会有的是。

他恨法国人，但他更加憎恶的是意大利人，即使没有喝醉，在谈起他们时也无法平心静气。对英国人他也经常怀有恨意，但有时候还能容忍他们，偶尔还可以表示出些许敬意。我不知道他是怎么看待德国人和奥地利人的。我都不知道他此前与德、奥人或是瑞士人是否有过接触。

在旅馆里的那个晚上，我真庆幸他显得那么平静。我把柠檬汁与威士忌掺到一起，与两片阿司匹林一起递给他，他吞下阿司匹林，没有表示反对，态度平静得让人暗喜，接着便啜饮起威士忌来。这时他眼睛睁开着，往远处望去。我在看报纸内页的犯罪报道，心情很愉快，看来是显得过于愉快了。

“你是个冷酷的家伙，是不是？”司各特说，我看着他，便明白我的处方开错了，即使是在诊断上没出错，那杯威士忌在对我们起反作用了。

“你这是什么意思，司各特？”

“我都快要死了，你却完全不当一回事，还能坐在那里看那张法国破报纸。”

“你可要我去请位医生来？”

“不要。我可不需要什么让人恶心的法国乡村医生。”

“那你想要什么？”

“我要测体温。然后要烤干的衣服，好穿上搭乘一班去巴黎的特快，住进在讷伊的美国医院。”

“我们的衣服不到明天早上是干不了的，现在也不会有特快列车了，”我说，“你干吗不好好休息，就在床上吃点东西呢？”

“我要量体温嘛。”

这以后，过了好久，侍者总算拿来了一支温度表。

“你就只能弄到这样的一支吗？”我问茶房。茶房进来时，司各特已经闭上了眼睛，那模样，与舞台上茶花女濒临死亡时相比，也真是有过之无不及。我从未见到过谁脸上的血色消失得如此快的，我真纳闷血都跑到哪里去了。

“全旅馆就这么一支。”侍者说，把温度表递给我。那是一支洗澡水温度表，后面有木头支座，还包有铁皮，好让它在洗澡缸里不至于浮上来。我匆匆咽下一口带酸味的威士忌，打开窗户片刻看看还下不下雨。我转身向司各特时，他在盯着我看。

我很内行地把温度表甩了甩，让水银柱落下去，接着说，“你真走运，这总算不是一支肛门表。”

“这一种要往哪里插？”

“腋下呗。”我告诉他，一边夹给他看。

“别把温度弄混了。”司各特说。于是我又把表往下猛甩了一下，解开他的睡衣，将表塞在他的腋下，同时又摸了摸他凉凉的前额，又一次按了他的脉。他直视前方。脉搏是七十二跳。

我让表在他腋下放了四分钟。

“我记得别人是只放一分钟的嘛。”司各特说。

“这是支大温度表，”我解释道，“你得根据温度表的面积成倍增加时间。这是一支摄氏表。”

我终于将表取出，把它拿到台灯底下。

“多少度？”

“三十七点六。”

“多少度算是正常？”

“这就是正常体温。”

“你能肯定？”

“当然。”

“你量量自己看。我得弄确实了。”

我把测好的度数甩下去，解开我的睡衣，把表塞进我的腋下，看着时间。然后我看了看表。

“是多少？”我仔细读表。

“完全一样。”

“你感觉怎么样？”

“好得很呀。”我说。我在努力回忆三十七度六算不算是真正的正常。其实根本没有关系，因为这温度表是不受外界影响的，它始终是稳定地停留在三十度上。

司各特还有些不敢相信，于是我问他要不要我再给他测一次。

“不用了，”他说，“我们可以高兴了，这么快就弄清楚了。

我的康复能力一向是很强的。”

“你没事了，”我说，“不过我认为你最好还是能坐起来，多少吃点清淡的东西，这样，我们明天一清早就可以出发了。”我原本打算一人买一件雨衣，但这样就得跟他借钱，我此刻可不想为这事跟他再起波澜。

司各特不愿继续待在床上，他想起来穿上衣服，下楼去给姗尔达打电话，好让她知道自己平安无事。

“她怎么会想到你可能会有事呢？”

“自从我们结婚以来，这还是头次晚上我没跟她一起在家里同睡，所以我必须跟她谈谈。你能明白这对我们俩意味着什么，你能的吧？”

我当然能，可我看不出来在正在过去的这个夜晚，他跟姗尔达又怎么可能睡在一起呢；不过这种事没啥好争论的。这时，司各特一咕嘟就把那杯威士忌灌了下去，并让我再去要一杯。我找到那个侍者，把温度计还给他，还问他我们的衣服烘得怎样了。他认为再过一小时左右也就差不多了。“让服务生用熨斗烫上一烫，好歹把衣服弄弄干。就算没太干透也不碍事。”

侍者端来两杯预防感冒的酒，我小口呷着，也劝司各特别喝得那么急。此时我倒真的担心他会着凉了，现在明摆着的是，他若是真的患上重感冒，怕是不得不住院了。可是饮料喝下去他一下子又来劲了，还为结婚以来与姗尔达第一次分开睡暗含的悲惨前景而亢奋不已。最后他再也不能延搁给她打电话的事了，于是便穿上睡袍下去让人接通电话。

接通电话得候上一阵，等到他上楼来不久，茶房又端来两杯加酸料的双份威士忌。这是到此时为止我见到他喝得如此多的一次，可是一点儿都看不出有什么不好的反应，除了让他更加生机勃勃，说话唠叨，他开始告诉我他与姗尔达共同生活的大致经过。他告诉我他是在大战期间初次遇见她的，接着失去了她后来又重新赢回了她，谈到他们的结婚，还告诉我大约一年前他们在圣拉斐尔[①]发生的一件悲惨的事。他告诉我的关于姗尔达与一位法国海军飞行员坠入爱河的第一个版本，那真是个非常悲哀的故事，我相信那是真实的。后来他又说了别的几种版本，仿佛是试着怎样把它们用在小说里似的，但是没有一个比最初的版本更加悲惨，我始终都相信第一个版本，尽管其他的任何一个也都可能是真实的。故事每讲一次就更加动人；但是全都不像第一次那样让你感到揪心。

司各特口才一流，能把故事说得娓娓动听。他无须把词儿拼写出来，也不用加标点符号，因此你不会有看一个教育程度不高的人未经改正的信的感觉。我认识他两年后他才能正确拼写我的名字；不过也许因为时间太长，我的名字更难让人拼对了，所以在他终于拼对时我给了他好一顿夸奖。他还学会了去拼写更加重要的词语，也殚精竭虑力图要把更多重要词语的意思考虑清楚。[②]

---

① 圣拉斐尔，法国南部瓦尔省濒地中海的一座小城。

② 海明威的名字是 Ernest Hemingway，怎么说也不能算长。他这里显然是在殚精竭虑，远兜远转，挖苦对方受教育程度不高。

不过，这天晚上，他想让我知道、理解和欣赏，在圣拉斐尔所发生的一件事，于是我确能看得非常清楚，以致真能看到一架单座水上飞机发出嗡嗡声掠过那条供跳水用的木筏，能看到海水的颜色、飞机浮筒的形状包括它们投下的阴影，还有晒黑了的姗尔达的皮肤颜色、司各特的深棕肤色和他俩暗金与浅金色的头发，外加爱上姗尔达那小伙子晒得更黑的脸色。但我却无法把脑子里盘旋的那个疑问向他提出来，那就是，倘若这件事是真实的，全都是发生了的，那么，司各特又怎么能每一天的晚上都与姗尔达睡在同一张床上呢？不过没准这正是使这件事比当时任何人告诉过我的故事更加悲惨的原因，也说不定他确实记不清了，正如记不清昨晚发生了什么事情一样。

电话还未接通，我们的衣服就送来了，我们便穿上衣服下楼去吃晚餐。此时司各特走路有点不稳了，他以带点挑衅的眼光斜着眼打量别人。先上来的蜗牛鲜美极了，配着喝的是一瓶长颈大肚的弗勒利红酒，我们大约吃到一半时司各特的电话接通了。他走开了差不多有一个小时，等着等着，我终于把他的那份蜗牛也吃了，用掰开的面包片将黄油、蒜泥和欧芹酱刮了吃，一边喝着弗勒利酒。他回来时我说我给他再点一份蜗牛如何，他说不要了。他想吃些简单的东西。他不想要牛排、熏肝和熏肉，也不要煎蛋卷。他就想吃鸡。我们在中午已经吃过极出色的冷鸡了，但这里仍然属于以烤鸡著称的地带，因此我们就要了布雷斯式烤小肥母鸡和一瓶蒙塔尼酒，那是本地区出产的清淡、甘洌的白葡萄酒。司各特吃得极少，啜吸着一只玻璃杯里的酒。他双手托着脑袋，靠着饭桌晕过去了。动作很自然，一点也不像是在做戏，甚至看上去似乎还很小心，提防着别打翻与压碎什么东西。侍者和我扶他回到房间，将他放在床上，我脱下他的衣服，仅留下内衣内裤，把他的衣服挂好，然后掀开床罩，铺在他的身上。我打开窗子，看到天已放晴，便让窗子开着。

我回到楼下继续吃我的饭，一边想司各特的事。很明显，他不能再喝一点点酒了，是我没有照顾好他。他好像喝什么都会反应过度，接着便是酒精中毒，我打算第二天把任何酒类都减少到最低限度。我会跟他说现在马上就要回巴黎了，我得节制了否则就会影响写作了。其实这不全是真话。我平时的节制是指晚饭后、写作前与写作中绝对不喝酒。我上楼去，把所有窗子全都打开，脱掉衣服，几乎一倒到床上立刻就睡着了。

第二天我们驱车穿过科多尔省回巴黎，雨过之后天清气朗，山峦、田野和葡萄园全都焕然一新，司各特兴高采烈，快乐健康，他把迈克尔·阿伦[①]每一部作品的情节梗概都讲给我听，他说此公你可得好好注意，咱们两个都能从他那里学到不少东西呢。我说他的书我读不下去。他说你不读也行，他可以给我讲情节梗概和人物特征。他给我讲了一大通迈克尔·阿伦，仿佛是在宣读一篇博士论文。

---

① 迈克尔·阿伦（Michael Arlen，1895—1956），英国通俗小说家，以《绿帽》（1924）最具代表性。

我问他跟姗尔达通话时，电话是否畅通，他说这方面倒是不错的，可他们要说的事情太多了。吃饭时我都只要了一瓶店里能找到的最最清淡的葡萄酒，并对司各特说，请他帮帮忙别让我再要酒，因为在写作之前我必须得节制，无论在什么情况下都不能多过半瓶。他配合得极好，每逢看到我对着眼看要见底的瓶子坐立不安的时候，便会把自己分内的匀一些给我。

我把他送到了家，随即打出租车回到锯木厂楼上的家，见到我的妻子我真是高兴极了，接着便与她一起去丁香园喝一杯。我们快乐得像两个分开了又重聚的孩子一样，我告诉她这次出游的情况。

“难道你就没遇到什么有趣的事或是学到什么东西吗，塔迪？”她问道。

“我当时要是好好听的话，是会了解到关于迈克尔·阿伦的一些情况的，我也学到一些东西，只是还没理出个头绪来呢。”

“司各特难道一点都不高兴吗？”

“也许吧。”

“可怜的人。”

“我懂得了一个道理。”

“什么道理？”

“永远别跟你不喜欢的人一起出游。”

“这不是挺对的吗？”

“是啊。咱们还要一块儿去西班牙呢。”

“对啊。现在离动身不到六个星期了，今年我们不会让任何人掺和进来捣乱了，对不对？”

“对。在潘普洛纳玩过以后，我们去马德里，然后去巴伦西亚。”

“唔——唔——唔——唔。”她轻声哼哼着，像一只猫似的。

“可怜的司各特。”我说。

“可怜的芸芸众生，”哈德莉说，“有些猫毛很密却没有一个子儿。”

“咱们算是非常幸运的了。”

“咱们得好好干，好好把握住这份幸运。”

我们不约而同地敲了一下咖啡桌的木框，侍者走过来看我们需要什么。可是我们需要的并不是他，也不是任何别的人或是敲敲木头或是大理石——这咖啡桌的桌面正是大理石的——所能给予的。不过我们那天晚上不明白这一点，我们就光是非常快乐。

这次出游后过了一两天，司各特送来了他的那本书[①]。书的护封花里胡哨的，我记得它那有暴力倾向、低级趣味和滑溜溜的感觉让我觉得挺恶心。看起来像是本低档科幻小说的封面。司各特让我别让这个封套吓倒了，上面的画与长岛一条公路边上的一块广告牌有关，在小说里是起了重要作用的。他说他原先曾喜欢这张护封，不过现在不喜欢了。我取下护封才开始读这本书。

① 指《了不起的盖茨比》。

读完这本书后，我明白不管司各特做出过什么事，也不管他行事方式如何乖张，我必须明白那就像是他生有一场病，我应该尽我的所能帮助他，尽力当好他的朋友。他有许多很好、很好的朋友，比我认识的任何一个人所能拥有的还要多。可是我自愿参加进这个行列，不管我是否能对他有所帮助。既然他能写出一部像《了不起的盖茨比》那样优秀的书，我敢肯定他必定能写出一部更加优秀的。当时我还未曾认识姗尔达，所以并不知道他承受着多大的压力。不过要不了多久我们就能有所了解了。

兀鹰不容分食

司各特·菲茨杰拉德邀请我们上他租的那套带家具的公寓去跟他和妻子姗尔达以及幼女共进午餐，地址是在蒂尔西特路。套间里的具体情况我记不太清了，只记得里面挺阴暗的而且不太通风，除了司各特那几本用蓝皮重新装订书名烫了金的早期作品，似乎没有什么属于他们的东西了。司各特让我们看一本大大的分类账簿，上面分年度记着他所发表的每一个短篇小说、他为此收到的稿费的数目，以及出售拍摄影片版权所得到的数目，连同单行本销售与版税所得的数目。全都记录得认认真真，清清楚楚，一如轮船上的航行日志，司各特以不动声色的自豪显示给我们两人看，俨然一所博物馆的馆长。他情绪紧张又很想当好东道主，他把收入账目显示给客人看仿佛那是什么能让人大饱眼福的镇馆之宝似的。其实那根本没有什么看头。

姗尔达压根儿就是宿醉未醒，情况极糟。头天夜晚他们去蒙马特尔玩乐了，吵了一架，因为司各特不想喝醉。他告诉我，他决心好好写作，不再喝酒了，姗尔达却把他看作是个煞风景与败兴致的家伙。她就是用这两个词儿来数落他的，对方一反驳，她就说："我没说过。我没这么做过。这不是真的，司各特。”稍后，她又似乎记起了什么，便快活地大笑起来。

这一天，姗尔达看上去不在她的最佳状态。她那头漂亮的偏棕色金发给烫得不成模样，那是里昂的电烫师水平太低，当时的大雨迫使他们扔下了汽车，她的眼睛疲惫无神，脸上皮肤绷得紧紧的，脸拉得老长。

她表面上对哈德莉与我客客气气的，但大半个心思仍然还留在那天清晨才离开的晚会上。她和司各特似乎都觉得司各特和我从里昂回来是一次欢快之旅，她为此而产生了妒忌之心。

“你们俩能一块外出玩得这么逍遥自在，那我在巴黎跟几个要好淘伴小小地乐上几天，也是天经地义吧。”她对司各特说。

司各特作为主人是无懈可击的，但我们的午餐却是吃得糟糕透了，虽然所喝的酒让我们提起了一些兴致，但毕竟有限。那小姑娘也是一头金发，胖乎乎的圆脸，体态均匀，看上去十分健康，她说的英语带有很重的伦敦腔。司各特解释说她有一个英国保姆，因为他想让她长大后能像黛安娜·曼纳斯夫人[①]那样谈吐优雅。

姗尔达有一双鹰一样的眼睛，嘴唇薄薄的，言谈举止带有边远南方的特色。你注视她的脸，可以看出她的心思离开餐桌飘向昨晚的舞会，接着又眼神茫然跟只猫的眼睛似的，然后又高兴起来，快乐会沿着她唇边细细的纹路显现出来，然后逐渐

---

① 黛安娜·曼纳斯（Diana Manners，1892—1986），出身英国名门，曾在美国演出的《奇迹》一剧中任圣母一角，颇受注意。

消失。司各特正在当他的友好、热情的主人，在他饮酒时，姗尔达看着他，眼睛、嘴巴处都充满了笑意。我逐渐对这种笑容有了很深的了解。这就说明她知道司各特这一来就无法握笔写作了。

姗尔达妒忌司各特的创作活动，随着我们对他们进一步熟悉，我们便能看出，这种妒忌成了一种常规。每当司各特下决心不去参加那种通宵酒会，每天锻炼身体，想有规律地写作，他便会开始工作了，一旦他写得顺手，姗尔达便会开始抱怨生活太过无聊，拉他去参加另一个闹酒的聚会。他们会吵架，然后又和好，他会和我一起作长时间的徒步行走，出一身汗把酒精排泄掉，下决心这回真的要好好干一场了，而且一下笔必定会不同凡响。但接下去呢，一切又从头来上一遍。

司各特非常爱恋姗尔达，醋劲也很大。我们一起散步时，他多次告诉我她是怎么爱上那个法国海军飞行员的。不过从那以后，她就再没有因为另一个男人而使他真正涌起醋波。今年春天，她与别的一些女子结交，使他心存妒忌，在蒙马特尔的那些酒会上，他生怕自己会喝醉，也担心她会喝得晕过去。他们一直把喝晕过去当作是自我防卫的一个高招。他们只要喝了一定分量的白酒或是香槟，便会呼呼入睡，那点分量对于喝惯酒的人来说根本算不了一回事，他们却像睡熟的孩子一样。我见到过他们不省人事，不像是喝醉而像是上了麻药，这时，他们的朋友，有时候是一个出租车司机，便会将他们弄到床上去，等他们醒来时，他们便会精神饱满，容光焕发，并且深感庆幸，因为自己没有在失去知觉前喝得太多让酒精侵害到自身的健康。

如今，他们已丧失了这种天然的防卫手段。姗尔达此时酒量已经大过司各特，司各特总怕她会在他们这年春天相处的友伴前，在大家聚会的地方醉倒。司各特不喜欢那些地方，也不喜欢那些人，为了能容忍那些人、那些地方，他不得不喝比自己所能接受的更多的酒，还得能控制住自己，接着又开始不得不再继续喝，在往常会晕倒的时候强撑住以保持清醒。其结果是，他根本抽不出多少间歇从事写作了。

他一直是在设法写作的。每一天他都试着去写，但是都难以写成。他把失败归因于巴黎，其实这儿是运行得最适宜于作家写作的地方了，但他总觉得会有一个地方，让他能和姗尔达重新一起生活得很愉快。他想到了里维埃拉[①]，当时那儿还没有完全建成，但是有一片片可爱的蓝色海水、沙滩、绵延不断的松林，和延伸入大海的埃斯泰雷勒山脉岬岩。他记忆中的里维埃拉就是这个样子的，他跟姗尔达最初去的时候还没有多少人上那儿去避暑呢。

司各特给我介绍了里维埃拉的种种情况，说我们夫妻明年夏天一定得去，还说我们该怎么走，怎么能找到个价钱不贵的住处，两人每天都能好好工作，可以游泳，躺在沙滩上，晒得

① 里维埃拉，法国东南部、意大利西北部沿地中海一带海岸，气候冬暖夏凉，为旅游胜地，亦是富人寻欢作乐与豪赌之处。

黑黑的，午餐前只喝一杯开胃酒，晚饭前也只喝一杯。姗尔达到了那里自会兴致高高的，他说。她喜欢游泳，跳水跳得极棒，那种日子她会过得很开心，会让他好好写作，于是一切便都能安排得井井有条的了。他、姗尔达和女儿明年夏天便打算去那里。

我当时想劝他尽力把他的短篇小说写好，别玩花样去迎合任何一种俗套，因为他告诉过我他这么做过。

“你已经写出了一部好小说，”我告诉他，“你绝对不应该去写那些糟粕。”

“那部小说销不大动，”他说，“我必须得写一些短篇，而且必须是能拿高稿酬的短篇。”

“那就尽自己所能把短篇写成最好的，旁的就别去考虑了。”

“我会这样做的。”他说。

但是照后来的发展趋势看，他能写出点东西来就算是万幸了。追求姗尔达的人不少，但她没有鼓励他们，跟他们没任何瓜葛，她说。不过她觉得挺有趣，这让司各特产生妒意，不得不盯在她后面满处跑。这就使他写不成东西了，而她最最嫉妒的正是他的写作。

整个春末夏初，司各特千方百计想要写作，但只能断断续续写上一点。我每次见到他，他总是快快活活的，有时显得快活得不得了，他妙语如珠，是个很好的游伴。每当他情绪极其低落时，我就倾听他诉说苦衷，尽力使他明白，只要自己能坚持不懈，他便能写出东西，因为他是为写作而生的，只有死亡，那才是无可挽回的。这时候他便拿自己打趣，我觉得只要他还能拿自己打趣，他便会平安无事的。通过这一道道关口，他写出了一个优秀的短篇《富家子弟》，我坚信他能写得比这更好，后来他确实做到了。

那年夏天，我们去到西班牙，我动手写一部长篇小说的初稿，九月回到巴黎后完稿。司各特和姗尔达去昂蒂布角[①]待了一阵，那年秋天我在巴黎见到他时，他大大变了样。他在里维埃拉也没能让自己清醒过来，如今白天也好黑夜也好，他都是醉醺醺的。别人是不是有活儿要干他压根儿不管，但凡他醉了，管他是白天黑夜，他都会跑到乡村圣母院路113号来。他开始对地位低的人或是他认为地位比他低的人，颐指气使，十分粗鲁。

有一回他带着小女儿穿过锯木厂的院门进来——那天那位英国保姆轮休，小孩由司各特照料——走到楼梯口，小女孩说她要上洗手间。司各特动手帮她脱裤子，住在我们楼底下的房东此时走进楼来，说，“先生，您前面楼梯左面就有一个厕所。”

“有数的，要是你多嘴，小心我把你脑袋摁到坑里去。”司各特告诉他。

那年整个秋天，他的脾气都很别扭，不过清醒时也开始写一部长篇了。他清醒时我很少能见到他，只要他没有喝醉，他还总是和悦可亲，仍然爱开玩笑，有时仍然爱拿自己开玩笑。

---

① 在戛纳之东，地中海边旅游胜地。

然而一旦喝醉了便总是来找我，醉中以干扰我的工作为乐，正如姗尔达喜欢骚扰他写作一样。这样的情况持续了多年，不过，当他清醒时，我也再没有比他更为忠实的朋友了，这样的情况也同样持续了多年。

1925年秋天，他很不高兴，因为我不肯把《太阳照常升起》初稿的手稿给他看。我向他解释，在我还没有通读一遍大加修改之前，还算不得是定稿，就这样拿出去让人家看，跟别人讨论，是没有意义的。而且我一家人还打算上奥地利福拉尔贝格的施伦斯去呢，一等那边下雪立即就出发。

我是在那儿重写前半部初稿的，翌年一月全部完成，我记得是。我把稿子带到纽约，给斯克里布纳公司[①]的麦克斯韦尔·珀金斯过目，又回到施伦斯给全书定了稿。是在四月底全书经过定稿与删削交给斯克里布纳公司后，司各特才见到的。我记得曾拿这事跟司各特开玩笑，他爱瞎操心，见到别人做成一件事总急着要帮忙。可是我在修改期间并不需要他的帮助。

当我们住在福拉尔贝格我的小说眼看要定稿时，司各特和妻子、小孩离开巴黎到下比利牛斯山的一个矿泉疗养地去了。姗尔达病了，总抱怨说自己肠胃不适，一般香槟酒喝多了总会这样，当时诊断为结肠炎。司各特没有喝酒，在着手写作了，他要我们六月上朱安莱潘去。他们会给我们物色一处租金不贵的别墅，这一回他不会多喝了，就像往昔的好日子那样，我们

---

① 美国的一家著名出版公司，珀金斯为该处著名编辑。

可以游泳，锻炼，晒得黝黑，午餐前来上一杯开胃酒，晚饭前再来上一杯。姗尔达身体康复了，他们全家都好，他的小说进行得顺利极了。他有收入了，《了不起的盖茨比》改编成戏剧上演，上座情况不错，还会卖给电影制片厂呢，他不用发愁了。姗尔达身体真的好了，一切都会井然有序的。

五月间我南下去马德里独自进行创作，我从巴约纳乘三等车去朱安莱潘，稀里糊涂竟把钱都花完了，一路上肚子饿得慌，最后的那顿饭还是在法西边境的昂代吃的。司各特帮着租的那座别墅确实不错，他在不远处的别墅更是出色，我见到妻子把我们要住的别墅收拾得漂漂亮亮，非常快乐，这儿有我们的朋友，午餐前的那一杯开胃酒味道好极了，免不了惹人要多喝几杯。当天晚上，在夜总会为我们开了一个欢迎会，仅仅是个小型的晚会，是为了住在别墅里的麦克利什[①]夫妇、墨菲夫妇[②]、菲茨杰拉德夫妇以及我们而举办的。没有人喝比香槟更加凶烈的酒，气氛非常欢快，这里显然是个适宜于写作的好地方。看来一个人进行写作的一切这里无不具备，要说缺少什么那就是能够清静独处了。

姗尔达显得非常美，皮肤晒成了迷人的暗金色，一头棕金色的鬈发极其漂亮，待人也非常友好。她那双鹰似的眼睛澄澈

① 阿奇博尔德·麦克利什（Archibald Macleish，1892—1982），美国诗人，三度获普利策奖，曾任国会图书馆馆长与助理国务卿。

② 杰拉尔德·墨菲（Gerald Murphy，1888—1964），美国画家，与妻子萨拉均是富人，曾旅居巴黎，生活奢华，与菲茨杰拉德、海明威夫妇熟稔。

而平静。我原以为一切都会顺利，结局也会非常完满，一直到那一时刻，她身子向我凑过来，将自己最大的秘密宣泄给我听："欧内斯特，你不认为埃尔·乔生[①]比耶稣更加伟大吗？"

当时，没有谁将它当一回事。这只不过是姗尔达让我共享的一个秘密，就像一头兀鹰会与一个人共享什么东西那样。但鹰类是不愿分食的。司各特再也没有写出什么好作品，一直到他明白姗尔达的确是疯了。

① 埃尔·乔生（Al Jolson，1886—1950），俄裔美国歌星，常抹黑了脸唱黑人歌曲，品位不高。于1927年主演第一部有声电影《爵士歌王》。将他与耶稣相比显然不伦不类。

一个尺码大小的问题

此后很久，在姗尔达精神崩溃——这是当时的说法——初次发作后的那段时间里，我们恰好都在巴黎，司各特邀我去米肖餐厅共进午餐，那是在雅各布路与教皇路的拐角处。他说他有件绝对重要的事情要问我，这事对他来说比世界上任何事情的意义都要重大，我必须绝对如实回答。我说我尽力而为便是了。每逢他有什么绝对重要的事情要问我，那必定是很难做到的，我会努力去做，但我的答复总会让他生气，往往不是在当时，而是事过很久之后，他得苦苦思考之后才发作出来。我的话便会成为一件必须得彻底摧毁的事，连同我这个人在内，如果可能做到的话。

他午餐时饮了点葡萄酒，但这对他没有什么影响，他也不是为了好好吃顿饭先来杯小酒的。我们谈论彼此的创作情况，谈到其他人，他还问及我们最近没见到的人的情况。我知道他正在写一部很不错的作品，由于种种原因遇到了很大的困难，但他要跟我说的并不是这件事。我一直在等他启口，把必须是绝对真实的回答告诉他；可是他定要等到午餐结束时再提，就如同我们吃的是一顿工作午餐似的。

终于，在我们开始吃樱桃馅饼，喝最后一瓶葡萄酒时，他说了：“你知道的，除了跟姗尔达，我从未跟任何别的女人睡过。”

“不。我并不知道。”

“我觉得以前对你说过的。”

“没有。你告诉过我许多事情，不过没说这事。”

“这正是我必须向你请教的。”

“很好。往下说吧。”

“姗尔达说，单凭我的身材，就不能让任何一个女人感到快乐，这就是让她心烦的根本原因。她说这是一个尺码大小的问题。自从她说了这样的话，我的感觉就跟以前完全不一样了，所以我必须弄弄清楚。”

“走，上办公室去。”我说。

“办公室在哪儿？”

“洗手间呗。”我说。

我们回到餐厅，在桌旁坐下。

“你完全正常，”我说，“你没有问题。你一点儿毛病都没有。你从上面往下看自己，自然就像是缩短了。那么就去卢浮宫看看人体雕像，回来再对着镜子从侧面瞧瞧自己。”

“那些雕像可能也不准确。”

“他们够标准的了。大多数人能这样就心满意足了。”

“可是她为什么要那么说呢？”

“为了让你干不成。世界上自古以来不想让人干成时采用的就是这个办法。司各特，你要我对你说真话，我可以对你说上一大堆，可这就是绝对的真话，也是你所需要知道的一切。你本该去找一位大夫瞧瞧的。”

“我不想找医生。我就想让你对我说真话。”

“现在你相信我了吗？”

“我不知道。”他说。

“那就上卢浮宫去吧，”我说，“沿着街直走，过了河便是。”

过了河，我们来到卢浮宫，他仔细观看了那些雕像，可是仍然不敢相信自己。

“这主要还不是一个静止时大小的问题，”我说，“那是一个它能变得多大的问题。那也是一个角度的问题。”我向他解释，让他懂得，倘若垫一只枕头或是别的什么东西，也许会帮他弄明白。

“有一个姑娘，”他说，“一直对我好。可是在姗尔达说了那样的话以后——”

“忘了姗尔达的话吧，”我告诉他，“姗尔达疯了。你一点毛病也没有。对自己要有信心，做那个姑娘希望要做的事好了。姗尔达是存心想毁掉你。”

“你一点都不了解姗尔达。”

“行了，”我说，“就说到这儿吧。你来吃午餐不就是要问我一个问题吗，我已经尽可能诚实地给了你答复了。”

但他仍然是将信将疑。

“咱们去观赏一些画如何？”我问，“除了那幅《蒙娜丽莎》，你还看过这儿别的任何画作吗？”

“我此刻没有心思看画，”他说，“我跟人说好要在里茨饭店的酒吧间见面的。”

多年以后，第二次世界大战结束好久了，还是在里茨饭店的酒吧，一个叫乔治的总管——司各特在巴黎住时他还是个穿制服的小跑堂呢——这个乔治问我，“Papa[①]，人人都跟我打听菲茨杰拉德先生，这个人是谁呀？”

“你以前不认识他吗？”

“那时候来这儿的人我全都记得。可是现在，别人光跟我打听他。”

“你跟他们怎么说的？”

“就说任何他们想听的有趣事儿，就为了能让他们高兴高兴呗。可是告诉我，他究竟是谁呀？”

“他是二十年代初期的一位美国作家，后来在巴黎和别的国家生活过一段时间。”

“可是我怎么就不记得他呢？他是个好作家吗？”

“他写过两本非常棒的书，还有一本没有写完，据对他的作品最有了解的人说，倘若写完会是非常精彩的。另外他还写了一些挺好的短篇小说。”[②]

---

① 海明威此时在文坛已属老一辈，又爱倚老卖老，且特地蓄了一把大胡子，故此得了这样的一个外号。

② 司各特·菲茨杰拉德（1896—1940）应该说是著有长篇小说三部：《人间天堂》（1920）、《了不起的盖茨比》（1925）与《夜色温柔》（1934），另有未写成的《最后的一个巨头》，后由批评家埃德蒙·威尔逊整理后于1941年出版。

“他那会儿是这酒吧的常客吧？”

“我想是的吧。”

“可是二十年代初您不常来。我知道您当时手头紧，也不住在附近一带。”

“我手头松的时候常去克利永饭店。”

“这我倒是知道的。我们第一次见到时的情形，我印象还清楚着哪。”

“我也是的。”

“真奇怪我怎么对他一点印象都没有了呢？”乔治说。

“那伙人全都死了哟。”

“不过有些人并不因为死了就让人忘记呢，顾客们老跟我打听这些人的事。你一定得跟我说一些他的事，也好让我的回忆录里有点内容。”

“我会的。”

“我记得有天晚上您跟冯·布里克森男爵[①]来这儿——是哪一年来着？”他笑着说。

“他也死啰。”

“是的。可是大家还是没有忘记他。您明白我的意思了吧？”

“他头一位太太文笔极其漂亮，”我说，“她写了一部兴许是

---

① 冯·布里克森男爵（Bror von Blixen-Finecke，1886—1946），瑞典贵族，自传《走出非洲》（1937）一书作者伊萨克·迪内森之夫，是个浪荡公子。两人后离婚。后面提到的“布里基”为对其之亲密称呼。1985年梅丽尔·斯特里普主演根据《走出非洲》改编而成的电影，极获好评。

我所读过的最好的关于非洲的书。不过，塞缪尔·贝克勋爵[1]写阿比西尼亚境内尼罗河支流的那一本除外。把这也写进你的回忆录吧，既然你现在对作家感兴趣了。”

“行啊，”乔治说，“那位男爵可不是位能让人忘记的人。那本书叫什么来着？”

“《走出非洲》，”我说，“布里基始终都为他头一位太太的作品非常骄傲。不过在那位夫人写出那部书之前好久，我们就认识了。”

“那么客人老跟我打听的那位菲茨杰拉德先生可有什么趣事吗？”

“他是弗兰克当领班那阵子来这儿的。”

“哦。可是那会儿我还是个小跑堂呢。您是知道跑堂的身份的。”

“我要写一本在巴黎早年生活的书，里面会提到菲茨杰拉德的。我向自己许诺过一定要写他的。”

“那太好了。”乔治说。

“我会把第一次遇到他时的印象如实写出来的。”

“那敢情好，”乔治说，“这样，只要他确实来过，我准会记起他来的。不管怎么说，人是不会忘记熟人的。”

“有那么多游客呢？”

---

① 塞缪尔·贝克（Samuel Baker，1821—1893），英国探险家，著有《阿比西尼亚的尼罗河支流》。

“那自然又当别论。不过您说他当初是位常客？”

“这地方对他来说意义重大。”

“您就照您记得的写，只要他真的来过，我一定会记得他的。”

“那就这样吧。”我说。

巴黎永远与你同在

当我们的家庭从两口变成三口之后，是那严寒、恶劣的天气，终于在冬季将我们驱赶出巴黎。自己一个人，在习惯了以后，是不会有问题的。我总能上咖啡馆去单要一杯奶油咖啡便能写上一个上午，与此同时，侍者们揩拭桌椅，将垃圾清除出店堂，房间也会逐渐变得暖和起来。我妻子可以出去教钢琴，若是房间里冷，便多穿几件套头毛衣，让身子暖和起来手指活络起来，能弹钢琴，然后回家给邦比喂奶。但是冬天带个婴儿上咖啡馆是绝对不行的，尽管这娃娃从不哭喊，光是一味观看着周围的一切，永远都不觉得乏味。当时还没有代看婴儿这一行当，邦比只能快乐地跟他那只大胖宝贝猫 F. 噗斯一起，待在高栏杆笼子般的床上。有人说让一只猫跟婴儿待在一起是很危险的。最最无知与怀有偏见的人则说猫会吸走娃娃肚子里的元气将他害死。还有人说猫会趴在婴儿身上，它那么重，会把娃娃闷死的。可是，在那只高高的笼子里，F. 噗斯躺在邦比身边，用它那双黄色大眼睛瞪视着房门，我们不在家时，它绝不会让任何人走近，连女佣玛丽也只好躲开。根本没有必要找人代看娃娃，F. 噗斯就是最现成的一个。

可是当你穷得叮当响时，要在冬季在巴黎带个娃娃那真是太辛苦了，当时我们从加拿大回来，我已经辞掉了所有的新闻工作，连一个短篇小说也没能卖出去。才三个月大的邦比先生，在一月份，乘了十二天的库纳德公司的一艘小客轮，从纽约出发经由哈利法克斯穿越北大西洋。一路上他连一声都没哭过，就是遇到风雨天，为了怕他掉到地上，我们用挡板将他围在一个铺上，他还直乐呢。可是我们的巴黎，对于他来说，无疑还是过于寒冷了。

我们去了奥地利福拉尔贝格的施伦斯。在穿过瑞士后，我们抵达奥地利边境的菲尔德基契。火车穿过列支敦士登，在布卢登茨停下，那里有一条小支线，沿着一条清澈可见卵石与鳟鱼的小河，穿过一个有农庄与森林的河谷，到达施伦斯，这是个朝阳的集镇，有锯木厂、商店、小旅店和一家蛮不错的四季营业的名叫“飞鸽”的小旅馆，这就是我们要住的地方。

“飞鸽”的房间宽敞舒适，有大大的火炉、大大的窗户、宽阔的床上配有优质毛毯和羽绒盖被。饭食简单但是味道不错，餐厅和贴有木墙面的公共酒吧间炉火旺旺的，一股友好的气氛。迎面的山谷很开阔，因此阳光充足。三个人的膳宿费大约是每天合两美元，奥地利先令由于通货膨胀而贬值，反倒使我们的膳宿费愈交愈少了。这里没有像德国出现过的那么严重的通货膨胀和贫困。先令时涨时落，但总的趋势还是走低。

施伦斯没有送滑雪者上山的缆车，也没有索道，但是有从低谷通往高山区的运原木的小路和牛群走出来的曲径。人们只好扛着滑雪板徒步涉雪上山，到更高处遇到雪太厚时，就得把海豹皮包在滑雪板底下，踩着往上登攀了。山谷高处，有一些供夏季登山客用的阿尔卑斯山俱乐部大木屋，你可以在里面睡，用了多少取暖木柴留下些费用便行了。有些木屋需得自己扛去木柴，如果打算去高山和冰川作长途旅行，那还得雇人帮你扛木柴与给养，以建立一个基地。这些高山基地木屋中，最有名的便是林道尔木舍、马德莱恩木楼和威斯巴登屋了。

“飞鸽”旅社后面有一片像是供人练习用的斜坡，你在那儿往下滑从果园与农田间穿行时，能见到在山谷对面查根斯的后面还有另一片蛮不错的斜坡，那儿有一所漂亮的小旅店，里面小酒吧四壁上挂满了精心收藏的羚羊角。在山谷边缘的伐木村查根斯的后面，一路往上，都是理想的滑雪场，再往上爬，你最终能翻过一座座高山，越过西尔维雷达进入克洛斯特地区[①]了。

施伦斯这地方对邦比的健康大有裨益，我们找了个深色头发的漂亮小姑娘照料他，让他坐在他的小雪橇里外出晒太阳，哈德莉和我要忙着多了解些这整片陌生的国土与这么多陌生的村子，还有对我们非常友好的镇民。瓦尔特·伦特先生是一位高山滑雪的先驱者，有一段时间曾与那位杰出的阿尔贝格滑雪家汉纳斯·施奈德合作，一起研制适用于攀登与各种雪况下都可用的滑雪板蜡，他此时刚开办一所阿尔卑斯滑雪学校，我们

① 此处已属瑞士地界。

夫妻都报名参加了。瓦尔特·伦特的思路是让学员缩短在练习坡上的进程，尽快进入高山作滑雪旅行。那时的滑雪方式跟现在的不一样，螺旋形下滑所造成的骨折还不如现在这么常见，谁都不想有一条断裂的腿。当时也还未出现巡逻救生队。你想往下滑多远，就得往上爬多高。这样一来，就让你练就了一双能往下滑的腿。

瓦尔特·伦特认为滑雪的乐趣就在于攀登上最高的山地，那里除你之外再无第二人，雪地上没有任何印辙，接着你从阿尔卑斯俱乐部的一座高山屋去到另一座，穿越过阿尔卑斯山一个个隘口、一道道冰川。你捆滑雪板时千万要捆得合乎要领，否则摔跤时真的会把腿骨折断的。得让滑雪板在伤害你之前便自行脱开。他最最喜欢的是不系绳子的冰川滑行，但我们得等到春天才能这样做，到那时那些裂隙才能覆盖得足够严密。

哈德莉和我喜欢滑雪，这从第一次我们在瑞士一起学着滑时便开始了，后来又在多洛米蒂山区的科蒂纳·丹佩佐①，当时邦比都快出生了，米兰的医生倒是允许她继续滑雪，只要我保证不让她摔跤。这就必须非常小心地选择地形和滑行道，并绝对控制住行进的动作，好在她长得有一双美丽、强健的腿，能很好地操纵滑雪板，因此从未摔过跤。我们都熟悉不同的雪地情况，每个人都懂得如何在粉状厚雪里滑行。

我们喜爱福拉尔贝格，我们也喜爱施伦斯。我们一般是在

---

① 这些都是在意大利界内阿尔卑斯山南麓的滑雪胜地。

感恩节前后抵达那里，一直待到复活节临近才离开。那儿总有雪可以滑，虽然施伦斯作为一个滑雪地高度上有所欠缺，除非这年冬天雪下得很大。但登山也有乐趣，那个年代没有人在乎受累。你把步子放慢一些，不用着急，反正迟早总能爬上去的，这样心情就松弛舒畅了，你还因为能扛这么重的背囊而感到骄傲。爬向马德莱恩木楼的山坡有一段路非常陡，非常难走，但是爬第二次时就容易得多了，再到后来，你背上两倍于初次攀登时所背的重量也全不在乎了。

我们总是觉得肚子饿，每次进餐都是一件大事。我们喝清啤酒或是黑啤酒，喝新酿的葡萄酒或是存了一年的葡萄酒。各种白葡萄酒都再好不过。除此之外，还能喝上本地河谷出产的樱桃酒和用山坡龙胆根蒸馏而成的烧酒。晚饭有时能吃上瓦罐焖野兔肉，浇上浓浓的红酒汁吃，有时则吃浇上栗子酱的鹿肉。但凡吃这类野味时我们便要喝红酒了，这比白葡萄酒要昂贵许多，最上品的合成美元要二十美分一升呢。一般的红酒便宜得多，所以我们总用小桶装上，带到马德莱恩木楼去。

我和哈德莉带来一批西尔维娅·比奇特准我们借出过冬看的书，我们可以和镇上的人在直通旅馆夏季花园的巷子里打门球。每周一两次，可以在旅馆的餐厅里玩玩扑克，不过得把所有的窗户都关严插上，门也得锁上。当时奥地利严禁赌博，跟我一起打牌的有旅馆老板内尔斯先生、阿尔卑斯滑雪学校的伦特先生、镇上的一位银行家、一位检察官和警察队的队长。打牌时气氛很紧张，他们都是打牌的高手，只是伦特先生打得有点横，因为滑雪学校根本赚不到钱。警察队队长一听见两个部下巡逻经过在门外停住脚步，便会把一只手指举到唇边，我们便全都不作声，直到他们往前走去。

天一亮，女佣便在清晨的寒气中进入房间，关上窗子，给一只大瓷火炉生上火。于是房间便暖和起来，早饭有新鲜面包或烤面包片，有美味的蜜饯和两大壶咖啡、新鲜鸡蛋和上好的火腿，如果你想要的话。这里有条叫施瑙兹的狗，老爱躺在我们的床脚边，它最爱跟着人去滑雪，我往山下冲去时，它总是趴在我背上或是伏在我的肩膀上。它也跟邦比先生要好，常陪着他与保姆外出散步，跟在他的小雪橇的边上。

施伦斯是个写作的好地方。我很清楚，因为我最艰难的一次最后统改工作便是于 1925、1926 年间的冬天在这里完成的。当时我必须把六星期内一口气写成的《太阳照常升起》的初稿修改成一部长篇小说。我记不清在那里还写成的短篇小说是哪些篇了。虽然其中有几篇发表后反映不错。

我还记得路上的雪所发出的咯吱咯吱的声音，当时我们肩扛雪橇与撑杆，遥望着灯光，灯光最后又变成了屋舍，路上的行人全都跟我们打招呼，说一声“上帝保佑您”。小酒店里，人们都穿着钉靴和山民的大衣，空气里充满烟味，地板上满是鞋钉的印迹。许多年轻人都在阿尔卑斯团队里服过役，其中的一个叫汉斯的，在锯木厂里打工，是当地驰名的猎手，跟我交情不错，因为战时都在意大利山区同一个地方待过。我们一同喝酒，一起唱山区的歌谣。

我记得那些羊肠小径，它们缭绕于村子高处山边农场的果园与农田之间，也记得那些温暖的农舍，屋里有大火炉，屋外有雪地里成垛的木柴。妇女们在厨房里梳理羊毛，再纺成灰色与黑色的毛线。纺机靠脚踏，纺出的线也不用再染色。黑毛线就用黑羊的毛来纺。羊毛是天然的，所含的油脂也不洗去，所以哈德莉用这种毛线织成的便帽、套头衫和长围巾下雪天穿也不怕湿。

有一年圣诞节时，演出了汉斯·萨克斯[①]写的一出戏，是本地的校长导演的。那出戏不错，我还为本地省报写了篇剧评，由旅馆老板译成德文。另一年，有位德国前海军军官，剃了个光头，上面有好几处伤疤，来给我们作了次关于日德兰战役[②]的讲演。

他用幻灯片显示双方舰队的调遣情况，手执一根台球杆权当教鞭，当他指出杰利科如何怯懦时，好几次连嗓音都嘶哑了。学校校长直担心他会用球杆戳破屏幕。演讲结束后，这位前海军军官仍然平静不下来，小酒馆里每一个人都感到很尴尬。只有检察官和银行家陪他一起喝酒，单独坐在另一张桌子旁。伦

---

① 汉斯·萨克斯（Hans Sachs，1494—1576），德国诗人、剧作家，作品赞美新教与马丁·路德。

② 日德兰半岛是欧洲西北部一半岛。第一次世界大战时德英两国海军在此有过一次激战。英国先败后胜。下面提到的杰利科是英国海军上将，当时任英国舰队司令。后面又提到莱茵兰，此地因历史上多有争议，所以像伦特那样的人，身为莱茵兰人，虽也算德国人，但对军国主义狂热很是反感。

特先生是莱茵兰人，他干脆不来听演讲。有一对从维也纳来的夫妻，是来滑雪的，却又不想爬高山，所以就上苏尔斯去了，后来我听说，他们在一次雪崩中丢了性命。那个男的说过，这个演讲的就是一头蠢猪，就是这种人断送了德国，再过二十年他们还会把德国再毁灭一次的。跟他一起来的那位女士用法语告诉他快把嘴巴闭上，说这儿是个小地方，很难说会出什么事。

正是那一年雪崩让许多人死于非命。头一回的重大事故发生在正对着我们这河谷的高山那边一个叫阿尔贝格的莱希镇的地方。一伙德国人想在圣诞假期期间来这儿跟伦特先生学滑雪。那一年雪下得晚，一场大雪下来时，山丘和山岭的斜坡上由于阳光的照射还是挺温暖的。雪积得很厚，像干粉似的，根本没有与地面黏合在一起。在这样的情况下滑雪再危险不过了，伦特先生打去电报叫他们别来。但因为有假期，他们不知好歹，认为雪崩没啥了不起的。他们来到莱希，伦特先生拒绝带他们出发。有个家伙骂他是胆小鬼，他们说要自己去滑。最后，伦特先生把他们带到一处他勉强认为是比较安全的地方。他自己先滑了过去，就在他们跟着要过去时整片山坡一下子崩塌下来，就像海啸时的大浪那样淹没了他们。挖出了十三个人，其中九个已经没救了。阿尔卑斯滑雪学校景况本来就很凄凉，出了事后，我们几乎就是仅有的学员了。我们成了雪崩学的高级学员，研究雪崩有哪些不同的类型，如何躲避雪崩，万一被困在其中又该如何行动。那年我所写的大部分作品都是在雪崩期间完成的。

关于那个雪崩的冬天我记忆中最悲惨的就是一个被挖出来的男子。他在雪中蹲坐着，用双臂在头部前方围成一个方形，就像我们所学的那样，这样就能使雪掩没你时还有个可以呼吸的空间。那是一场大雪崩，把每一个人都挖出来得花很长时间，而此人是最后发现的一个。他死了没多久，他的颈部都磨破了，筋腱骨头都赫然可见。他曾把脑袋拧过来又拧过去，以抗衡雪的压力。在这场雪崩中，准是有一些压实的陈雪与泻下来的分量不算重的新雪混杂在一起。我们吃不准他是有意要这样做的还是已然神志不清。当地的神父拒绝让他入葬在教堂墓地，因为没有证据能证明他是天主教徒。

在施伦斯时，我们经常远足爬上山谷，找一家小客栈住宿，以便继续登山前往马德莱恩木楼。这家古老的小客栈非常漂亮，我们吃饭喝酒的房间的木墙因为经年的擦拭，已像丝绸般发光。桌子椅子亦都这样。我们在一张大床上相拥而睡，盖着羽绒被，窗子敞开，星星挨得很近，异常明亮。清晨，吃过早餐后，我们装备齐全上路，开始摸着黑登山，星星挨我们很近，分外明亮，我们把滑雪板扛在肩上。脚夫用的滑雪板比较短，他们能背很重的东西。我们也曾比赛过看谁上山能背得最重，可是谁也比不过那些脚夫，这些矮矮壮壮只会说蒙塔丰方言的农民，他们像驮马似的不紧不慢地爬，到了山顶，阿尔卑斯俱乐部就盖在积雪的冰川旁一块大岩石上，他们把背上的东西往屋子的石墙旁一放，便跟你索要比原来说好的高出许多的工钱。在一番讨价还价之后，他们收下折中的数目，接着便像小地精似的，套上短短的滑板往山下飞也似的消失了影踪。

我们这群伙伴中有一个德国姑娘，她的山地滑雪技术特棒，个儿小小的，体态很美，她能背跟我的一般重的背包，背的时间却比我能忍受的更长。

“那些脚夫打量我们时的眼光，总像是在盘算还要把我们作为尸体背下去似的，”她说，“上来的价钱是他们定下的，可是我从未听说过哪一次是说话算数的。”

在施伦斯度过的那个冬天，我把胡子蓄了下来，以防高山雪地里日光的炙晒，我也懒得理发，有一天傍晚，顺着运木料的小径往下滑时，伦特先生告诉我，小径边上住的农民都管我叫“那黑脸基督”。他还说，有些人上小酒馆，干脆叫我为“喝基尔许酒[①]的黑基督”。可是对于蒙塔丰山谷最高处的农民——我们雇的脚夫就是这儿的人——来说，我们都是洋鬼子，在旁人有理由要远远躲开高山时，我们却偏偏要上那边去。我们不等天亮就动身，为的是躲开太阳的热力在我们通过时可能会造成雪崩危险，而这种做法并不得到他们的认可。只是说明，我们跟所有的洋鬼子一样，都是肚肠弯弯绕，诡计多端。

我记得松林的芳香，记得如何在伐木工人的小屋里睡在山毛榉树叶铺就的褥子上，又如何循着野兔与狐狸走出的小径在森林里滑行。我记得，在树木生长线之上的高山区里，是如何

① 基尔许酒（Krisch）即樱桃白兰地酒，与“基督”（Christ）发音相近，农民觉得有趣，故而这么称呼。

沿着狐狸的踪迹前行，一直到终于看到了他[①]，观察他举起前腿直立，又小心翼翼地走了几步，为了要停下，然后猛地一蹿，啪啦啦惊起一只松鸡，松鸡从白雪堆中蹿出飞走，越过了山脊。

我记得风能使积雪形成各种各样的假象，引诱滑雪者上当。再说，你住在高山区阿尔卑斯木屋中时常常会遇到暴风雪，那就造出一个陌生的世界，我们必须尽量小心地探寻滑雪路线，就像是从来未见到过这个地区似的。我们也确实是未曾来过，因为这儿的一切都是陌生的。最后，快到春天时，大片的冰川开始移动了，平稳、笔直，永远笔直向前，只要我们双腿能挺得住，双踝能紧紧并拢，滑行时身躯弯得够低，靠前倾来加快速度，在冻冰屑所发出的静谧咝咝声中不断地下坠、下坠。这比什么样的飞行或任何活动都要美妙，这样的能力是我们练出来的，是背着沉重的行囊长途攀登练出来的。我们绝对不想靠花一点钱买一张票就登上山顶。这可是我们苦练了整个冬天的结果，练了一整个冬天才能使它成为可能。

在我们去山区过冬的最后一年，新来的人深深地进入了我们的生活，从此一切都不能恢复成以前那样了。与下一个冬季相比，发生过大雪崩的那个冬季简直像是儿童时代快乐天真的冬天了，而下一个冬天，则是伪装成最有趣不过的一个梦魇般的冬天，随之而来的又是一个凶险的夏天。正是那一年，有钱

① 作者在这里故意用“he”而不用“it”，表示钦佩狐狸足智多谋，丝毫不弱于人类。

人出现了。

有钱人是由“导航鱼”①给他们带路的，这条“鱼”有时候有点耳背，有时候眼神又不太好，但总是发出一股异味，迟迟疑疑地走在前面给他们带路。“导航鱼”说起话来总是这个样子的，“呃，我不太清楚。不，那自然不会尽然如此啦。可是我喜欢他们。他们俩我都喜欢。是啊，老天做证，海姆，我真的喜欢他们；我明白你的意思，可是我真心实意地喜欢他们，而且她身上的确有一种极优雅的气质。”（他说出了她的名字而且念得非常嗲。）“不，海姆，别胡来，也别这么拧巴。我真的喜欢他们呀。两个都喜欢，我发誓。你也会喜欢杰利的（此处用了他奶声奶气的乳名），一等你认识了他们。他们俩我全喜欢，真的呀。”

就这样，你有了有钱人朋友，一切就跟往昔不同了。“导航鱼”自然是“游”走了。他总是要奔赴什么地方，或是打从某个地方来，他从不在一个地方久留。他出入政界、戏剧界，正如他早年间往来于各国和人们的生活。他从来都未曾身陷其中，这次亦未受到有钱人的祸害。没有什么能祸害他，只有那些相

---

① 导航鱼，通常游在大群鲨鱼前面的一种小鱼，这里据海明威的传记材料，指的是美国小说家约翰·多斯·帕索斯（John Dos Passos，1896—1970），代表作有《美国》三部曲。亦属“迷惘的一代”作家，一度“左”倾。虽非美共党员但当过左翼文学杂志《新群众》的编委。二十世纪五十年代时又追随麦卡锡主义反对过去的进步朋友。在美国文坛以善变与，善于保全自己著称。“有钱人”则指的是前面写菲茨杰拉德时亦曾提到过的墨菲夫妇。丈夫名叫杰拉尔德，乳名杰利，妻子叫萨拉。

信他的人才受到牵连，被害致死。他很早便受到过无可替代的训练，学会了如何当卑鄙小人，如何对金钱怀着一种长期得不到满足的暗恋。由于每捞到一块钱就朝正确方向靠近一步，他终于使自己也成了一个富翁。

那些富人喜欢他也相信他，是因为他忸怩作态、逗趣、让人开怀，自己已有所成就，也因为他是一条从不出错的“导航鱼”。

在这样的一个时候：两个年轻人，相互爱恋，快乐欢愉，其中的一个或是两个正在做出良好的成绩，此时，人们便会自然而然地被吸引到他们身边，一如候鸟在黑夜中为一座有强光的灯塔所吸引。倘若此二人黏结得像灯塔般结实，那就不会受到损害，撞死撞伤的必定是那些候鸟。但由于自身幸福与成就而具吸引力的人必然稚嫩与缺乏经验。他们不懂怎样不被撞倒，怎么躲闪。他们并不是总能听说过那些有钱人的事，那些人显得那么善良、迷人、可爱、一见面就让人喜欢、慷慨大度、善解人意，看不出他们品质不良，他们能使每天都像是在过节，然而在他们经过与吸收掉所需的养分之后，便能使留下的一切，比阿提拉[①]马群的铁蹄践踏后的任何草根还要了无生气。

有钱人由“导航鱼”带引前来。要是一年以前，他们绝对不会来。当时还没有把握。尽管创作进行得已经同样出色，幸

---

① 阿提拉（406？—453？），匈奴王，曾进攻罗马帝国直达莱茵河，沿途劫掠一空，被称为“上帝之鞭”。

福比后来的还要丰盈，但长篇小说连一部都未能写出来，因此他们还拿不准。他们是从来也不在无把握的事情上虚掷感情的。他们何必如此呢？毕加索是有定评的，早在他们听说过绘画之前就已声名远扬了。他们对另一位画家也是极有把握的。还有其他的许多位呢。但是今年他们拿得准了，而且“导航鱼”给他们打了招呼了。“导航鱼”也亲自出马了，因此我们不会觉得他们是外人的，我是不会不好说话的。“导航鱼”是我们的朋友，那是明摆着的。

在那段日子里，我对“导航鱼”的信任，比起我对《水文局地中海航行指南修订本》，打个比方说，以及《布朗氏航海年鉴》这一类权威工具书的信任，简直是有过之而无不及。在这些有钱人的蛊惑下，我像头猎犬般地盲从与愚蠢，只要它能跟任何一个握着支枪的人一起出去；或是像马戏团里的一头猪，只要终于找到一个人为了它本身的原因喜欢它，欣赏它，便屁颠颠的乐得不知怎么才好了。每一天都能活得像过盛大节日，这对我来说是一大发现。我甚至还朗读长篇小说修改好的部分给他们听呢，这可是一个作家所能做出的最最卑贱的一件事了，对作为作家的他来说，这么做，甚至比在隆冬大雪尚未覆盖住冰川上的裂隙之前，不用绳索捆紧脚下的滑雪板贸贸然就滑，还更危险呢。

当他们说，“了不起呀，欧内斯特。这的确是了不起呀。你自己是不可能明白内涵多么深刻的”，我便美滋滋地摇起尾巴，一头扎进生活即是过节这样不切实际的想法，看看能否把主人扔出去的那根棍子叼回来，而不是去想一想，“既然能招这批浑蛋喜欢，那我这作品该不会有什么问题吧？”倘若我能从专业角度出发，我便会这样考虑了，不过倘若我真能从专业角度考虑，我便绝对不会把稿子念给他们听了。

还在这些有钱人到来之前，我们就已经让另一个有钱人用最最古老的伎俩钻进来了。那就是说，有个未婚的年轻女子[①]，以另一位已婚年轻女子新近结交的闺蜜的身份，搬过来与这对夫妻一起居住，接着便人不知鬼不觉地、天真无邪地，却是毫不留情地思谋着把别人的丈夫夺走。既然这个丈夫是位作家，在进行着艰苦的创作，自然是一天里抽不出多少时间陪伴妻子，当不了好伴侣的，有别人帮忙自然是再好不过，但等你知道结果如何便为时已晚了。这位丈夫忙完工作有两位迷人的女子围在身边。其中之一是新鲜、奇异的，倘若他命中注定活该倒霉，他便会两个都爱。

于是，便不再是两个人加上他们的孩子，而是成了三个大人。最初，这境况够刺激人的，也很有趣，就这样维持了一段时间。所有真正邪恶的事都是从一种天真状态中开始的。于是你就这样一天又一天地活下去，享受着你所拥有的，丝毫也不担心。你开始说谎，又恨说谎，说谎把你给毁了，每一天都更加危险，可是你就像在战争中似的一天天地活下去。

---

① 指波琳·法伊弗，一家时尚杂志的女编辑。因为她，海明威于 1927 年 1 月与哈德莉离婚，5 月与她结婚。

我必须离开施伦斯，去纽约重新安排出版社。我在纽约办完了事，等我回到巴黎，我本该从东站搭乘第一班带我去奥地利的火车。可是我恋上的那个女子当时在巴黎，于是我没有乘上第一班车，也未能乘上第二班或第三班。

等火车终于驶入原木堆旁的月台时，我又见到了我的妻子，我真恨不得在我爱上她之外的任何人之前就已死去。她在微笑，阳光照在她那被雪与阳光晒黑的脸上，体态很美，她的头发在阳光下变成金红色，一个冬天使她的头发长了不少，不怎么整齐，但是很好看，邦比先生站在她身边，金发碧眼，胖嘟嘟的，寒冬冻成的面颊红彤彤的，跟福拉尔贝格本地的健康孩子一般无二。

“哦，塔迪，”我将她拥入怀中时她喊道，“你可回来了，这次出行把事情办得那么成功。我爱你，我们都非常想念你。”

我爱她，我不爱任何别的人，我们单独度过了一段美好而又奇妙的时光。我写作上很顺利，我们做过几次非常愉快的出游，我以为我们又是不可能受到损害的了，可是等到暮春时节我们离开山区回到巴黎，另外的那段情缘重又开始了。

这就是巴黎生活第一个阶段的结束。巴黎再不会跟它原先一样，虽然巴黎永远是巴黎，当巴黎在起变化的时候，你自己也在变。后来，我们再也没有回过福拉尔贝格，那些有钱人也没有。

巴黎永远不会有结束，每一个在此生活过的人都有着与别人不一样的记忆。我们总会回到那里去，不管我们是什么人，也不管它起了多大的变化，去到那里会是何等艰难或是何等容易。巴黎是永远值得去的，你总会得到回报，不管你带给它的是什么。这里所写的，仅仅是早年间我们非常贫穷又是极其快乐的那个阶段巴黎的样子。